致青春 119

悍夫

（下）

咬春餅　著

高寶書版集團

目錄
CONTENTS

第二十一章　異國他鄉

六月一過，盛夏帶著高溫轟轟烈烈地踏入了這座海濱城市。

陸家這兩日有喜事，陸悍驍一個海歸表弟結婚宴客，這表弟自小跟在他後面跑，將陸表哥當偶像，跟屁蟲粉絲當得十分稱職。哪怕後來出國，也三不五時打越洋電話問候他龍體安康。

陸悍驍跟他感情好，特地挪了行程，空出兩天從杭州峰會上趕回來喝喜酒。

陸家人丁興旺，各行各業的幹活的人都有，甚至還有個參加歌唱節目，嶄露頭角就人氣紅火的小表妹。

年輕人湊一桌那叫一個熱鬧。陸悍驍雖年近三十，但他平日素以溫和開朗近人，哪怕生意做得大，黑白商政都有門路，這些弟弟妹妹也不怕他。

桌上嘰嘰喳喳。

「我跟你們說啊，我上個星期去機場，猜碰到了哪位大咖？」

「知道知道，就是我！」

「去你的，是張繼科，我還跟他合照了呢！」

瞧見小表妹的興奮模樣，陸悍驍聲音淡，「喜歡他？我這裡有公開賽的門票，下次拿給妳。」

歡呼雀躍之後，有人打趣，「陸哥哥，你最近是不是改風格啦？」

陸悍驍手指間夾著菸，風清淡淡：「怎麼？」

「好嚴肅噉。」機靈的小表妹膽大地學他的模樣，「坐了這麼久，你都不笑一下。是我們說的笑話不好玩嗎？」

陸悍驍笑了笑，「好玩啊。」

「那你為什麼不笑？」

陸悍驍還是那副表情，「我這不是笑了嗎？」

換來桌上同胞們的抗議，「切──」

陸悍驍彎了彎嘴角，低頭點菸。

放在桌上的手機響時，他點火柴的手跟著一抖，火焰滅了，菸沒點著。

是陳清禾傳來的訊息。

『周喬走了，航班剛起飛，她沒什麼行李，我幫她放東西的時候，把你給的卡塞進她包裡。但剛出機場才發現，她不知道什麼時候又把卡放在我車後座上。』

陸悍驍沉默許久，回覆：『她有提到我嗎？』

比方才沉默更長的時間，陳清禾才傳過來──『沒有。』

陸悍驍看著這兩個冰冷的字。

他雖不在現場，但也能想像周喬的背影有多麼灑脫堅決。

喜慶甜蜜的音樂把他拉回現實，典禮正式開始，他那位小弟妹算不上十分漂亮，但身著白紗柔順乖巧，他表弟西裝筆挺，注視著新娘很緊張。

這群孩子能鬧，司儀每每調動氣氛，他們都特別配合地捧場。陸悍驍這些年也參加過不少友人同事的婚禮，知道最熱鬧的，就是最後的丟捧花。

司儀一聲吆喝，在場沒結婚的年輕人都跑上前去，就連十幾歲的小朋友也湊去討喜糖。陸悍驍和幾個結了婚的姊妹坐在臺下，趁人少，他又拿起菸。

也不知是誰喊了一聲，「還有你們陸哥呢！」

陸悍驍點菸的動作暫停，抬起頭循聲望過去。

小兔崽子們眼神狡黠，哄擁而上，一邊一個，後面還有個推搡的，架起陸悍驍就往禮臺前面走。

「我們這裡，陸哥哥最有資格！」小表妹嗷嗚嗷嗚聲音清脆，「要嫂子的鼓個掌。」

這群小的劈里啪啦手拍手，那叫一個敬業賣力。

陸悍驍側眼，佯裝威脅，「妳還想不想要張繼科的比賽門票了？」

表妹噘著嘴，不滿道，「陸哥你是壞人，記你一狀，以後告訴嫂子。」

陸悍驍聽後沒吭聲，淡淡笑了兩下，然後敷衍地隨了他們的意。

他不想摻和這事，所以故意站向角落，小孩們蠢蠢欲動，配合著歡樂的音樂，婚宴上的賓客都看著。

司儀念了幾段美好祝詞，「三、二、一……」

大家翹首屏息，往前撲躍。

結果，俏皮的新娘子做了個假動作，並沒有將捧花真的拋出去。

賓客哄堂大笑，氣氛輕鬆極了。

陸悍驍也彎了彎嘴，站在旁邊，雙手環胸。

司儀善意地侃了幾句，「前面這位小弟弟，剛才你大鵬展翅的動作最好看！好啦，這次新娘子再捨不得捧花，就讓新郎灑紅包，大家說好不好？」

「三、二、一……」這次新娘子笑著手肘往後，花束高過頭頂劃出一道弧線。

賓客「哇哦」一聲滿是期待。

陸悍驍眼睜睜地看著捧花往自己這砸過來，正中紅心，連躲閃的機會都沒有。他伸手接住，百合香悠然入鼻。

臺上的新人對他笑得故意，全場掌聲響亮，小輩們開始起哄，「陸哥哥發紅包！」

「陸哥哥我同學辦婚慶公司的，到時候幫你打折啊！」

輪到最能鬧的那位小表妹，她吱吱呀呀了半天，爆出一句，「祝陸哥哥早日出嫁。」

「哈哈哈哈還出嫁呢，誰娶得起我們陸哥啊？」

陸悍驍笑得無奈，走過去揉了揉她的腦袋，「鬼靈精怪，再鬧我，明天就把妳嫁出去。」

小表妹對他做了個鬼臉，「下個月再嫁我啊，我男朋友下個月回國，他現在還在美國實習呢！」

一旁的同輩笑她，「哪有妳這麼恨嫁的。」

嘴炮火力轉移目標，陸悍驍在聽到那個國名時，好不容易轉移的些許注意力，這時又集中起來，壓得他直墜深湖。

日子就這麼不緊不慢地過。

陸悍驍看起來沒什麼特別的異樣，上班、開會，偶爾跟哥們幾個打打牌。唯一的改變，可能就是出差的時間變多了。

他讓自己變得忙碌，大多數時候都是在路上。

徐晨君瞭解到他的狀態不難，隨便問幾個他公司的人就一清二楚。聽到「平和」、「平靜」這些關鍵字，徐晨君也鬆了口氣。

就說嘛，成年男人誰沒有過幾段感情經歷，她的兒子雖然從小狂妄自我，但也不是鑽牛角尖的人。

徐晨君欣慰地想，自己的堅持還是有效果的。

而且她堅信，母子是天生的血緣相融，有爭吵再正常不過了，等過一段時間，陸悍驍就不會再和她鬧彆扭了。

但一個多月下來，徐晨君漸漸發現不對勁。

陸悍驍這麼長時間都沒回過陸家，就連她拋下臺階——主動打電話給他，他也不接。事後敷衍地補傳訊息，問她有什麼事。

徐晨君明顯感覺到兒子在跟他刻意拉開距離。

後來實在忍不住，徐晨君讓陸老太太出面打電話，以她身體不適為由，終於連哄帶騙地將陸悍驍召喚回了老宅。

他一回家，徐晨君姿態雖然還在，但言語間有了明顯的討好意味。

「齊阿姨熬了綠豆粥，最適合消暑，你喝一碗吧。」

她話語詢問，但盛粥的動作已經在進行中。

陸悍驍面無動靜，看著母親遞到面前的碗勺，他選擇默無聲息地走開。

徐晨君被撂成了冰霜，心裡又氣又急，忍不住喊他的名字，「悍驍。」

陸悍驍背對著，沒有轉身，應道：「嗯。」

徐晨君的精明高冷已經褪去一大半，「你就這麼不想跟媽媽說話嗎？」

陸悍驍乾脆道：「對。」

徐晨君嘴角微顫，「你還在我怪我？」

「是。」

氣氛陷入沉默。

徐晨君忍不住向前兩步，「悍驍，我們是母子。」

聽到這話，陸悍驍側目，眼神倏地降溫，「妳讓我為難的時候，我們也是母子。」

徐晨君一時怔然，竟無話可說。

陸悍驍側臉冷漠，聲音平靜，「媽，妳可以用長輩身分，做妳認為正確的決定，不管我有多愛那個女孩，不管我有多煎熬掙扎，妳都能夠全然不顧地在中間攪局。」

他臉色沉如水，喉頭滾了滾，「現在妳滿意了？滿意了嗎？」

徐晨君和他對視的目光，不怎麼堅定地動了動。

陸悍驍瞇起雙眼，一字一句地說：「妳滿意了，但從此以後，我對妳不滿意了。」

長輩身分讓徐晨君下意識地提高聲音，「你知道你在說什麼嗎？就為了一個女人，你這樣對媽媽？」

陸悍驍卻呵地一笑，「就為了一個女人，妳又為什麼要這樣對我？」

徐晨君冷面肅穆，瞬間啞口。

陸悍驍直視著她，「我不是對妳妥協，我從來沒想過放棄周喬。」

是周喬不要他了而已。

陸悍驍轉過身，背影冷淡，「下次別再用奶奶當幌子騙我回家。」

在陸家待了半小時，陪陸老太太說了下話，陸悍驍準備離開。

剛走到客廳，齊阿姨就小聲叫他，「悍驍、悍驍。」

陸悍驍表情溫和了點，「齊阿姨？」

「你過來。」齊阿姨神祕地對他招了招手，「我有東西要給你看呀。」

「喲，給我看您的存摺啊？」陸悍驍笑著聽了話，走過去，「存多少錢了？」

齊阿姨卻遞給他一支手機。

陸悍驍挑眉，「怎麼？八八八買的？」

「辦門號送的。」齊阿姨指著螢幕，眨眨眼睛道：「看嘛，你看嘛。」

中年人手機沒設密碼，陸悍驍滑開螢幕。

呃，聊天軟體好友動態？

而他一眼就認出來，這是周喬的帳號。

「還住你那的時候，我就加了喬喬的好友呀。」齊阿姨拍拍陸悍驍的手臂，「阿姨知道你心裡苦，她前幾天還有傳訊息給我呢，她在那邊過得蠻不錯的，你看看這些照片。」

周喬這一個月的動態，活躍鮮豔許多。

異國街頭，路燈、雨天、陽光萬里。

學校、夥伴，宿舍桌面上貼著的一朵小花。

陸悍驍慢慢翻看照片，全神貫注不錯過一張。

最新的一則是昨天上傳的。

『吃了一個月漢堡、可樂，想念我們的臭豆腐和火鍋。』

配圖兩張：用吃剩的雞翅骨頭擺出的骷髏人造型，和一張自拍。

陸悍驍看著照片裡的周喬，目光貪婪得再也撕不下來。

好一陣子之後，他才抬起頭對齊阿姨笑，哽著聲音說：「她把頭髮剪了啊。」

周喬以前是一頭烏黑的長髮，現在是及肩的梨花頭。

齊阿姨怕陸悍驍難過，「剪短也好看的。」

陸悍驍點點頭，把手機還了回去。「謝謝妳，齊阿姨。」

齊阿姨眼裡濕潤，她抬手抹了抹，「你奶奶身體已經很不好了，別置氣，多回來陪陪她。」

陸悍驍應道：「好。」

秋老虎已近尾聲，國慶日之後的天氣，一天比一天涼爽。

祕書朵姐發現他們的老闆越來越沉默寡言，成天工作出差不苟言笑，可以說是名副其實的ＬＢＢ牌機器人了。

老闆嚴肅緊張，下面幹活的人自然也不敢活潑了。

也歸功這樣的高效率，公司三季度的財務報表可能會在全年業務中呈現完美的曲線上升圖案。

但朵姐並沒有太大感覺，陸老闆臉上寫明了四個字：我失戀了。

相比賺錢，她更希望老闆能夠笑得多一點。

朵姐抱著一堆簽好的文件從辦公室出來，搖頭嘆氣。

不過最近總算有一件好事情發生。

他哥們賀燃當爹了。

賀燃老婆簡皙是陸悍驍的青梅竹馬，感情一直很好，這兩人的愛情故事能用跌宕起伏來形容。

陸悍驍和陳清禾一起去探望小寶貝，是女兒，粉嫩一團，眼睛雖未睜開，但看眼廓弧形，肯定是個大眼女孩。

陳清禾一身硬邦邦的肌肉，不敢抱孩子，「媽呀，她看起來又小又軟，我怕勒傷她。」

「沒出息。」陸悍驍不屑嘲諷，挽起衣袖，架勢像模像樣。

他從搖籃裡輕柔地將寶貝抱起，左手攬著她的臀，讓她的小腦袋穩穩地睡在右手的臂彎裡。

陸悍驍低頭垂眸，看著孩子，笑得一臉溫柔。

陳清禾真是大開眼界，「驍兒，你是不是在外頭有私生子啊？一股奶爸氣息。」

陸悍驍抬頭瞥他，「對，有私生子，長得又高又結實，你還見過呢。」

陳清禾皺眉，「我見過？誰啊？叫什麼名字啊？」

陸悍驍勾嘴冷笑，「叫陳清禾。」

「……」

賀燃和簡皙樂不可支。

這時，護士進來，說要檢查傷口，於是男士們出去走廊待著。

陳清禾去洗手間，陸悍驍背靠著牆，菸癮犯了，拿了一根在鼻子前嗅嗅過乾癮。

賀燃看著他，「你最近菸癮很重啊。過猶不及，少抽點。」

陸悍驍笑笑，把菸收進盒裡。

「說起來，我還是挺佩服你。」

賀燃側目，「佩服我什麼？」

「明明脾氣火爆，卻沒把簡皙氣走。」

「去你的。」賀燃一聽不樂意，「老子分得清輕重，簡皙這女人，我一眼就看中了，看中的人，我怎麼可能讓她跑掉。」

陸悍驍神色收攏，頭往後仰，抵著牆壁。

「說句誇張的，男人這一輩子就是辛苦命，混過、浪過、不懂事過，老子天下第一無人能敵。」賀燃嗤笑了一下，「但只要碰到了對的人，那種感覺，覺得以前都是白活了。」

陸悍驍沒說話。

換做以前，他一定不留餘地地嘲諷。

但現在，他好像懂了這種感覺。

賀燃靠過來，拍了拍他的肩。「驍兒，你是我們這群人裡，人生最順風順水的一個。我從小就是從我爸棍棒下混出來的。就連清禾，也被丟進部隊魔鬼訓練了好幾年。你做生意有天賦有資源，在商場如魚得水是金字塔尖上的人精。」

陸悍驍「呵」了兩聲，「誇我呢？」

賀燃微微嘆氣，「但有利就有弊，越順遂，反骨也越深重，所有的矛頭最終只會體現在一點上——自我。」

陸悍驍默了默，低下頭看鞋尖。

「自我的人，在某一方面一定是不成熟的。你呢，對喬妹妹的占有欲太強，眼裡容不得沙子。可你想過沒，也許那並不是沙子，而是珍珠寶石呢？」

陸悍驍被點撥，瞬間聯想到他對周喬身邊異性的種種誤會和惡意揣度。衝動易怒，火氣上頭便聽不進任何解釋。

賀燃幽幽嘆氣，「其實我和簡皙，遇見得不美好，開始得也不夠順利，你是一路看著我和她走過來的，你該知道，我們也面臨過家庭反對，門第觀念，也有過猶豫的時候。」

陸悍驍「嗯」了聲，「我知道。」

「其實，大多數時候，女人遠比我們勇敢堅定。」這是賀燃以過來人的身分，得出的最切身的體會。

「只要你能給她安定以及充分的信任，她還給你的擁抱，會比你想像中更多。」

賀燃算著時間差不多了，結束授課，「陸老闆，你給我女兒的紅包挺厚，本人很滿意。」

「……」

去你媽的，原來是看在紅包的面子上。

從醫院出來，陳清禾開車。

陸悍驍坐在副駕駛座上嫌棄了一路。

「你放什麼歌，強奸我耳朵。」

「你這車裡有股雞腿味，是不是沒錢做保養？我借給你。」

「還有這坐墊，能換個顏色嗎？就像坐在一坨屎上。」

陳清禾忍無可忍，差點把方向盤掰下來。

「靠，你再吵就下車。」

陸悍驍嚴肅地望著他，端詳了好一陣子，恍然大悟，「總覺得渾身不自在，原來是司機太醜了。」

陳清禾揚起下巴，「道歉。」

陸悍驍低頭點菸，高貴地嗤聲。

「哎呀呀，我這有個驚天大消息，又大又粗的消息，來自大洋彼岸帶著漢堡炸雞味的消息。」陳清禾欠揍地賣起了關子。

陸悍驍一頓。

藍白相間的菸身夾在他手指間，呼出的第一口，煙氣先是嫋嫋，很快就被車窗縫鑽進來的風過濾掉。

陸悍驍分外敏感，迅速道：「我道歉。」

陳清禾吹了聲口哨，「那你誇我。」

「司機長得好看有學問有品德有禮貌有修養，肩是肩、臀是臀，哦，看胯部，也許還是個器大活好的角色。」

「……」陳清禾羞愧想死，弱弱辯解，「不是也許。」

陸悍驍被自己給逗笑了，恢復正色，他催促，「什麼消息？」

恰逢紅燈，車身緩停。

陳清禾說：「營隊安排我下週去美國進行聯合軍訓，就在洛杉磯，你要不要一起去？」

陸悍驍任憑指間的菸自燃，沉默了一下，「我去幹什麼。」

陳清禾笑道，「當然是去玩啊，不然你以為幹什麼？」

「……」真奸詐。

陸悍驍被他三言兩語挑中了心事，索性也不端著，神情失落，「去看你們訓練嗎？」

「對。」陳清禾這話說的不假，「正常聯合軍訓規模很大，帶你去長長見識，還有，厲坤也在。」

聽到這個名字，陸悍驍抬起頭，「他回來了？」

「嗯，維和任務結束，人還在敘利亞沒走，就接到通知，直接飛那邊。也有一年多沒見了，哥們幾個敘敘舊。」陳清禾說。

於是，這個理由，讓陸悍驍本就蠢蠢欲動的心，澈澈底底有了踏實的藉口。

他雖然力求平靜，但聲音還是不可控地微微發顫。

陸悍驍說：「那好。」

這個紅燈時間很長，陳清禾索性熄了火。

「你去找周喬嗎？」

陸悍驍搖頭，「不找。」

陳清禾看了他一眼，「真的不找？」

陸悍驍被問了兩遍，心跟拉開口子似的。

怎麼找？

原本兩個月的實踐專案，因進度調整，所以預留了一個延時半年的名額。李教授把這個名額給了周喬。

其實人人都知道，只要不想，完全可以自主拒絕。

陸悍驍深嘆一口氣，說：「真的不找，我不騙你。」

綠燈亮了，前面的車輛逐一通行。

陳清禾笑了笑，發車。

一星期的時間過得很快。

轉眼就到了約定出發的日期。

陸悍驍打定主意的事就一定會遵守執行。他只是想去有周喬的城市轉一轉，他誠實坦然，克制不住這種欲望。

航班準時起飛，準點降落，出來是美國時間的清晨。

但沒想到的，他在異國他鄉，還是和周喬以一種難以置信的方式相遇了。

陳清禾坐的是專機，一切行動聽指揮，整個過程嚴謹守規。

陸悍驍行程自負。但他在國外讀過書，工作出差的機會也多，所以一切打點得順順利利。起初，朵姐幫他訂機票得知他是去美國時，還請示過需不需要安排當地接待。陸悍驍回絕了，這一次，他輕裝上陣，不談公事。

說來也巧。

他出發的前兩天，那個古靈精怪的小表妹一通電話打給他，也不知是從哪裡得到的消息，開口撒嬌讓他幫忙。

所謂的幫忙，就是幫她帶串佛珠給遠在美國的男朋友。

『陸哥哥，你一定要帶到哦，這個可是菩薩開過光的。』

陸悍驍聽到她認真的語氣，不由嗤笑，「菩薩忙不過來，顧著自家土地已經很不錯了，這都跨了半個地球，有用？」

聽著那頭炸毛的叫嚷，陸悍驍把手機拿遠耳邊，答應了。

到了洛杉磯，陸悍驍在酒店調了時差，下午的時候，他按著表妹給的聯絡方式，打電話給她男友。

小男友叫魏折浩，和女友是同道中人，相當活潑。

他的學校是洛杉磯加利福尼亞大學，離陸悍驍住的酒店不算太遠，兩人約好在附近的一家咖啡廳見面。

魏折浩比陸悍驍先到，靠窗的位子，桌邊豎起一隻色彩鮮豔的滑板。他的鴨舌帽反戴著，還酷酷地往右邊歪，寬大的T恤活脫脫地將人襯成如風少年。

「陸哥，這裡！」魏折浩招手。

陸悍驍點頭以表知曉，走過去，魏折浩眼明手快地替他拉開座椅，「你請坐。喝點什麼？這裡的招牌是摩卡。」

陸悍驍微微頷首，看了菜單一眼，說：「我不喜歡太甜的，換拿鐵吧。」

「好嘞。」魏折浩朝服務生打了個響指，用漂亮的英文點了飲品，又補充，「再來兩塊慕斯，你們這裡最有名的乳酪蛋奶酥。」

陸悍驍抬頭，「你沒吃飯？」

「吃了，」魏折浩笑嘻道：「鍾靈再三交代我，說您飯量大，讓我別把人餓著。」

陸悍驍隨即失笑，這個小表妹真是個機靈鬼。

「這是她給你的。」陸悍驍把木盒推到他面前，「佛祖開過光的，戴著保平安。」

魏折浩雙手合十，比在胸前，「阿彌陀佛，善哉善哉。」

然後才打開將佛珠手串拿出來，直接戴在左手，左看右看，他說：「有點小。」

陸悍驍也看出來了，「鍾靈預估錯誤。」

「不不不，她才沒有錯，是我長結實了，我的錯，我明天就減肥。」魏折浩說得理所當然。

陸悍驍看著他的標準身材，一言難盡。

魏折浩是個多話的人，逮著陸悍驍沒少聊天，問這問那的，知道他是生意人，更加來了興趣，還問了幾個科系裡的實戰案例。

陸悍驍耐心地答，骨節清晰的手指時不時地輕扣桌面。

「第二個案例，就是我們公司的。」

「哇靠，這麼厲害。」魏折浩越聽越崇拜，又續了杯咖啡。

陸悍驍對這個年輕人的印象還不錯，真誠真實，不會不懂裝懂，而且好學。

「你現在學理論，有些經驗我說了你不一定能馬上體會，慢慢來吧。」

魏折浩連聲應答，然後發出盛情邀請，「表哥，晚上我請你吃飯唄，就當為你接風洗塵了。」

陸悍驍挑眉，「你叫我什麼？」

魏折浩無辜道：「帥表哥。」

陸悍驍呵聲一笑，不客氣地點評，「小子，插兩根毛就能飛天了。」

魏折浩嘿嘿憨笑，「我這是提前演戲，陸哥莫怪。晚上您一定要賞臉。」

陸悍驍玩笑語氣，「先說說看，請我吃什麼？」

「漢堡、炸雞、薯條、可樂。」魏折浩掰著手指頭一根根地數，「再來一個冰淇淋也是請得起的。」

陸悍驍：「……」

從咖啡館出來，陸悍驍又回酒店睡了下調時差，醒來時是下午四點半。手機上陳清禾傳來訊息，他和厲坤晚上有空，找了個酒吧一起聚聚。

陸悍驍預估一番時間，和魏折浩吃了飯再趕過去，應該來得及，於是他回覆，答應了。

當然，魏折浩不會真的請他吃漢堡、雞腿，反而用心地找了一家中餐館，老闆是湖南人，親自掌勺，味道還挺正宗。

地點不好找，繞了好幾圈小路，看得出來這小夥子挺用心。

四菜一湯，還有一盤涼拌豆筍，陸悍驍侃道，「生活費去了一半吧？」

魏折浩痛心疾首地作勢擦眼淚，「沒事，下半個月一天三頓泡麵，我可以的。」

陸悍驍笑著低頭，吹涼碗裡的湯，「大三了，忙嗎？」

「忙啊，最近都跟著一個外校的學姐學習，幫她跑腿什麼的，但也學到了不少東西。」

陸悍驍平靜地「嗯」了聲，順口問：「兩頭跑，上課不耽誤？」

「這工作是我學長介紹的，學姐那邊正好缺個幫手，而且學姐人很好，把事情都歸到一起，著急的她自己處理，可以第二天交的，就讓我做。」

魏折浩說：「我白天上課，晚上就去圖書館查資料，郵寄給她就行了。」

陸悍驍笑了笑，夾了一塊紅燒肉細嚼慢嚥。

「而且學姐是國人，也是過來交流的，對了，她本校好像也在上海。」

魏折浩的這後半句，差點沒讓陸悍驍被肉噎住。

國人，上海。

這些關鍵字跟炮竹似的，一個一個在陸悍驍腦子裡炸成煙花。但很快，他又冷靜下來。想什麼呢，符合這兩個詞的人多了去。

他壓住心裡的浮躁，叼起紅燒肉。

飯吃到後半段，陸悍驍藉口去洗手間，順便把單買了。魏折浩知道後挺不好意思，「陸哥，要不然我晚上請你去玩吧？」

他思考著成熟男人的興趣愛好，「你是想泡吧呢？還是跳舞？還是喝酒？」

陸悍驍拍拍他的肩，「我喜歡練太極。」

「……」

真是最美夕陽紅啊。

陸悍驍在這邊有商業往來，所以他弄輛車不是什麼難事，黑色保時捷立在夜色裡，魏折浩問：「陸哥，你是回酒店休息嗎？」

「不回，和幾個朋友聚一聚。」陸悍驍順便提了下地名。

魏折浩一聽，激動道：「我同學也都在那裡玩呢！表哥，搭個順風車！」

陸悍驍頷首，拉開車門，「上來吧。」

十一月初的洛杉磯，夜晚氣溫有點低。陸悍驍裡頭是修身白襯衫，開車前，他又拔了一件薄短外套。

魏折浩的地方比他近一點，大概一站的路，陸悍驍停好車，魏折浩興高采烈地跟他說拜拜。走前，陸悍驍抬眼瞥見招牌，唱歌的地方。

陳清禾和厲坤已經坐在吧檯旁聊上了，時不時的有金髮碧眼的美女過來借火。陸悍驍走過去，坐上高腳凳，「誰選的地方？居心叵測。」

陳清禾指著旁邊人，「厲隊。」

厲坤眉濃，眼廓長，微瞇的樣子，鋒光盡露。

都是老夥計了，陸悍驍玻璃杯高過陳清禾的頭，隔空和厲坤碰了碰杯。「你回來就好，忙完這邊回國，打麻將就有腿了。」

陳清禾不爽，「怎麼說話的？」

陸悍驍淡淡瞄他一眼，「嗯，我在嫌棄你。」

厲坤知根底地笑了，「行。」

陳清禾怒目回瞪，看著厲坤，「現在你是我的老大，任務紀律擺在那，我不能拿你怎麼樣。等回國，走著瞧。」

厲坤聲音淡，「格鬥槍法、赤手空搏，任你選，三局兩勝。」

陸悍驍默默閉了聲，厲坤的厲害他是知道的，他十八歲就去當兵，憑著良好的體能和出眾的個人能力進入到首都總隊，這十年，被委派至世界各地執行任務，體質能力正常人比不了。

也只有陳清禾這個傢伙能叫囂一下。

一年多沒見，三個老友聊得酣暢淋漓。陳清禾和厲坤有紀律規定，滴酒不沾，陸悍驍開車來的，也喝綠茶。轉眼到了快十一點。

剛準備續杯，陸悍驍擱在桌面上的手機響。

是魏折浩。

陸悍驍拿起接聽，「小魏？」

魏折浩說：『表哥嘿嘿嘿，又有個不情之請了。』

陸悍驍叼著菸，「嗯？你說。」

『是這樣的，我不是也和同學在這邊唱歌嘛，然後順路的司機喝醉了。』

陸悍驍明白過來，看了看錶，打斷他，「沒事，我等一下帶你回學校。」

『不不不，不是我。』魏折浩那邊還有震天的音樂，他扯著嗓子說：『是另外一個，和我不是同一個學校，她宿舍離我學校也不遠。』

陸悍驍答應了，「好，我的車是一輛黑色的保時捷，車牌尾數二八八。大概半個小時能到你下車的那個地方。」

掛了電話，陳清禾調侃道，「喲，才來一天就勾搭上小妹妹了？」

陸悍驍恰一口茶，潤著聲音：「傻，是我妹男朋友的同學。」

又待了十幾分鐘，把剩下的飲品喝完，三個人起身離開。

陸悍驍說：「坐我的車收費啊，長得越帥，給的越多，麻煩你們量價而沽。」

這次，陳清禾和厲坤倒是有了默契，互看一眼，互相評價。

「你醜。」

「謝謝，你也很醜。」

然後齊齊轉頭對陸悍驍說：「我們三個人裡，你才是世界名著級別的帥。」

「媽的。」陸悍驍笑罵一句，坐上駕駛座。

陳清禾和厲坤想著方便聊天，乾脆都鑽進了後座。

陸悍驍轉動方向盤，俐落地掉了頭，「我還要接個人，等一下。」

車子緩緩停在歌廳門口，陸悍驍滑下車窗通風，又順手點了根菸慢慢抽著。他時不時看不遠處一眼，留意出來的人。

陳清禾和厲坤已經討論起軍事武器，這東西陸悍驍聽不太懂，就覺得陳清禾總算像了一回人。

約定時間已經過了五分鐘，陸悍驍抬起手腕看了看錶，有點不耐煩了。

他拿出手機撥了魏折浩的電話，那頭接得飛快，聲音陡高。

『來了來了，陸哥，我在這！』

魏折浩一群人烏泱泱地走出歌廳門口，大部分都是外國學生，陸悍驍粗看一眼，隱約看見了站在人群後的魏折浩。

他平靜地移回視線，「嗯」了一聲，然後把手機擱在儀錶板上。

聚會的人有十幾個，黑白人種個個高大，眼下正在分配歸程的人員。

「Harry，你坐 Dasan 的車。」

「好！」魏折浩晃了晃手，示意自己知道。然後轉頭對身後的人說：「學姐，我哥的車就停在門口，黑色那輛。」

同學催促，魏折浩腳步跟著他們走，邊走邊指向門外，「快去吧。」

周喬跟他告別，「路上注意安全。」

外面的溫度比室內要低許多，周喬只穿了一件中長款的薄大衣，不由得掩緊了衣襟，微微低頭，迎著風邁步。

這片區域沒什麼特別高的建築，路燈和霓虹襯亮半邊天。

車裡的陸悍驍正在接越洋電話，聽朵姐彙報公司情況，接完後，又打開寄來的每日報表，低頭細看。

陳清禾坐在左後座，他伸了個懶腰，隨意往窗外一看，呆住，確認了幾秒，他揉了揉眼睛，「我靠，不是吧……」

陸悍驍專注螢幕上的報表，邊看邊嫌棄，「成天靠來靠去的，你有幾個腎啊。」

陳清禾拍了拍厲坤的手臂，「你帶捆繩了嗎？」

厲坤一副你有病的眼神，「又不是在訓練，帶它幹什麼？」

陳清禾下巴朝陸悍驍抬了抬，顫著聲音說：「我怕他發瘋。」

陸悍驍皺眉，「我又惹你了？」

說話的時候，他頭往左後轉，目光掠過車窗，看到玻璃上有光影一波三折。

就是這一眼，他瞬間理解陳清禾的意思了。

周喬身影纖細，踏著霓虹光影低頭款款，一步一步朝他走近。

陸悍驍嘴裡叼著的菸，跟著菸灰一起，掉了下來。

菸頭的星火焰子燙在他手背，陸悍驍竟然不知道痛。

看見周喬的那一刻，他第一個反應是不敢確定。

怎麼可能呢？異國他鄉，隨便兜轉，竟然碰見了。

與此同時，周喬抬起了頭，風吹著她瞇了雙眼，目光先是鎖定黑色的車輛，然後就看到了陸悍驍。

她的腳步越來越慢，越來越慢。

陸悍驍捨不得眨眼，目光繚繞不休地望著她，看似波瀾不驚，但擱在大腿上的手，指頭悄無聲息地微微顫抖。

最後是陳清禾打破僵局。

他哎呀一聲推門下車，欣喜又熱情地迎上前去，「喬妹妹！」

周喬被這聲叫嚷拉回了魂魄，她朝陳清禾扯了一個不怎麼自然的微笑。

「原來接的是妳啊，太巧了吧，來來來，外面怪冷的，快上車。」

陳清禾抓住周喬的手臂，像是不讓她跑一樣，不由分說地把人塞進了副駕駛座。

車門開的時候，外頭的風呼地灌進來，然後又「碰」的一聲關緊。

陸悍驍覺得，風把車裡塞滿了。

哪裡都滿了。

他咽了咽喉嚨，手搭上方向盤，心裡的思念在叫囂，但形色依然克制，這種戛然的矛盾感快把他逼瘋。

過了一下，周喬先開口，她的聲音聽起來該死的淡然輕鬆——

「好久不見。」

陸悍驍的淡定從容全線崩盤，他像一個咿呀學語的幼兒，一時間竟不會說話了。

半天，才硬邦邦地回了一句，「嗯。」

說完覺得自己簡直是個傻子，趕緊爭分奪秒地彌補，又說：「四個半月沒有見過了。」

這個清晰的時間點說得很敏感。

周喬沉默。

這時，手機響起救了命。

周喬長呼一口氣，飛快接聽。

車內異常安靜，加上對方聲音大，所以通話內容被陸悍驍聽了個一知半解去。

是個男聲，中英文結合的一句話，『喬，妳還有多久回來？我實在是太想妳了。』

陸悍驍耳朵旁一炸。

結果，周喬語氣十分耐心，低聲說：「快了，十一點半一定到家，好嗎？」

而陸悍驍放在方向盤上的手，指節發緊，青筋乍現，把身後的陳清禾看得心驚膽戰。

陳清禾眼珠一轉，湊上前攀著副駕的座椅，笑著交談。

「喬妹妹，妳是住學校的宿舍？」

「不是，公司安排了公寓，離公司比較近。」周喬回答。

陳清禾一副原來如此的表情，又說：「大企業的福利還是不錯的，單身公寓配套齊全，餐食補助也少不了吧？」

周喬點點頭，「都是統一叫外送，但公寓是合住。」

陸悍驍猛地一腳剎車。

「哎呦喂。」陳清禾腦門撞上了椅背。

聽到「合住」兩個字，陸悍驍這腳剎車踩得暗地裡洶湧無言。

陳清禾意味深長地瞄了他一眼，又繼續聊天。

「喬妹妹，妳也太不乖了，出來這麼久，我生日那天妳都不問候一聲。」

周喬卡帶了兩秒，「陳哥，你生日不是三月嗎？」

後座的厲坤忍不住彎起了嘴角，靜靜看著陳清禾裝。

周喬是七月走的，還沒跨年呢，哪來的生日一說。

陳清禾臉不紅心不跳，「我身分證上的出生日是假的，我是十一月的射手射大雕。」

厲坤雖不清楚其中原委，但也是個眼明心淨的人，於是順著話配合演出，「今年生日你別想熱鬧了，任務在身，後天進了訓練地就全部戒備了。要不然明天幫你提前慶祝？」

那位面無表情，一語不吭開車的司機小陸總，對這兩位兄弟感激涕零。

陳清禾假裝驚嘆，「哇靠」一聲，「厲隊，您真是出了個絕頂餿主意啊！」他又看向周喬，「喬妹妹，明天有時間嗎？出來一起吃個飯。」

周喬剛要開口。

「我後天就要進隊封閉訓練了，十天半月出不來，在這裡我也沒什麼熟人，生日飯，賞個臉唄。」陳清禾率先把話堵得死死，「一頓飯的功夫，耽誤不了什麼時間，再說了，明天是公休，別說妳要加班。」

「……」

陸悍驍看似雲淡風輕，事不關己地開著車，實則耳朵豎立，不放過身邊人的任何動靜。

她會如何反應？不留情地拒絕？還是暢快地答應。

這一刻，陸悍驍甚至私心地希望周喬厲聲拒絕，因為態度越刻意激烈，是不是就意味著，她是放不下的？

這片刻的歡愉沒持續太久，因為周喬說：「好。」

她答應得爽利，沒有半點拖遝和推辭。陳清禾一拍大腿，「太好了。」

說這話的同時，他故意把左手放在陸悍驍的椅背上，用手肘「無意」地撞了他一下。陸悍驍心想，知道了，這個人情記著了！

在氣氛即將再一次陷入沉默之際，陸悍驍硬邦邦地鑿出了個新話題。

「妳的公寓怎麼走？」

他開口的一瞬間，周喬的心跳踩著他說話的節拍，畫出了一條波浪起伏的心電圖。

她心平靜氣，說了地址。

陸悍驍說：「區域我知道，但街道不熟悉，到時候妳指指路。」怕她誤會多想，陸悍驍還側頭問陳清禾和厲坤，「你們知道嗎？」

這兩人默契十足地搖了搖頭。

周喬抿抿唇，「前面路口右轉。」

陸悍驍打了方向燈，表示知道。

車裡廣播在播午夜鄉村民謠，婉轉柔情，周喬在這一首首歌裡，輕言細語，每次換車道前，都會提前五十公尺的距離提醒。

前面是鬧市的十字路口，車多路寬，單向就有六線道。

周喬留出足夠的時間讓他操作，所以很早就說了，「這裡抓拍很嚴的，前面車更多。」意思讓他趁早換右車道。

陸悍驍「嗯」了一聲，沉沉靜靜的。

周喬以為他知道。

結果，沒開多遠，她皺眉，「錯了，是右邊。」

陸悍驍目光在指示牌上左右游離，「Swanta是往這裡走啊？牌子上寫著的。」

周喬：「路牌上也是往右邊啊。」

陸悍驍隔了幾秒，「哦」一聲恍然大悟，「是我看錯了。」

繞錯一條路，花費的時間起碼多十分鐘。周喬提醒得更加細心，「前面兩公里才能調頭，這次千萬別錯了，不然就上城際高速了。」

陸悍驍還調整了一下座椅，看起來頗緊張。

這讓周喬覺得有點過意不去，於是放軟了語氣，「沒關係，你開慢點。」

陸悍驍為了凸顯他的「謹慎」和「用心」，接下來的路程，不僅遂了周喬的意，把跑車開成了板車，更是每走個幾公尺就要問一句：

「是往這邊走吧？」

「前面是紅燈吧？」

「綠燈亮了，我這裡可以通行的吧？」

周喬也充分沉浸在「電子導航」的角色裡，有問必答。

「對，是這邊。」

「要變燈號了，你減速。」

「欸！這邊不能左轉啊！」

而後車座的陳清禾和厲坤，互相對視了一眼，在對方表情裡得到同一個意思。

靠，驍兒的演技又他媽昇華了。

洛杉磯他來的次數不少，尤其這一塊簡直熟到不能再熟，為了能和周喬多說上幾句話，也是夠拚的。

最後，陸悍驍終於不負自己，成功將周喬於十一點之後送到了目的地。

他心裡的那幾個算盤，連厲坤都看出來了。

都因為周喬之前接的那個「保證十一點前能夠到家」的電話，讓陸悍驍如履薄冰害怕了。

周喬住的地方是一片看起來還算整齊的社區。裡面樓房不多，她沒讓他開進去。

「謝謝。」

下車前，周喬側過身，大半面相陳清禾，只留一小半給陸悍驍，目標不明，含糊敷衍地說了聲，「謝謝送我回家。」

不是謝謝你們。

也不是謝謝你。

聽得陸悍驍抓心撓肺，十分委屈。

陳清禾抓住機會，快刀斬亂麻地說：「喬妹妹，手機號碼給我一下，明天早上將時間告訴妳。」

周喬沒矯情，情理應當，她說了號碼，又說：「訊息聯絡也可以。」

一聽訊息兩個字，某人又要鬱悶了。

連陳清禾這個畜生都能留在她列表裡，偏偏將他拉黑了。

周喬下車，關上車門，往後站了幾步，對陳清禾他們擺了擺手道再見。

車裡。厲坤提醒，「還不走？」

陸悍驍不情不願的，慢慢換擋倒車。

周喬還站在原地，車子調頭，陸悍驍和她終於到了同一個面。車窗是關緊的，從外頭看不見車內。

陸悍驍這才敢明目張膽，卸下那該死的陌路人面具，在車裡死死盯著她，那目光如火如星，恨不得自燃，再把周喬也一併吞噬掉才甘休。

陳清禾看著他的反應，嘆了口氣，拍著他的肩，「走吧，已經很久了。」

陸悍驍斂神，嘴角緊繃，「轟」的一腳油門車子飆出。

後視鏡裡，漸遠的街景模糊縮小，周喬的身影也轉身離去。

陸悍驍這才深呼吸一口，覺得喉嚨跟擰不動的發條似的，又緊又疼。

陳清禾說：「號碼我要到了，等等給你。」

陸悍驍心不在焉：「不用了，我已經背下來了。」

陳清禾愣了愣，然後衷心地伸出大拇指，「陸學霸，為你打 Call。」

第二十二章　滿肩風塵

這邊。

周喬到公寓的時候，一肩風塵。

屋裡燈敞亮，周喬抱歉地對沙發上的人說：「對不起Deli，我回來晚了。」

黃髮藍眼的帥哥轉過頭，撅嘴怪罪，用半生不熟的中文抗議，「喬，妳放了我鴿子，鴿子飛到月亮上了。」

周喬邊換鞋邊笑，「飛月亮上的是嫦娥。」

「那好吧，」Deli聳聳肩，糾正道：「妳放了我的嫦娥。」

周喬笑得眼睛微彎，脫了外套，擼起衣袖去廚房，「我這就煮麵給你吃。」

方才還面有怨色的Deli，一下子歡欣雀躍，激動地秀起了京腔，「雞蛋兒加倆。」

但他的兒化音實在不敢恭維，把雞蛋兒說成了雞蛋兒子。

周喬邊攪蛋液，邊糾正他的讀音。

Deli學會了，高興地從客廳跑到廚房，炫耀起手上的字帖，「喬，妳看，今天晚上我練了兩頁漢字。」

周喬洗番茄，水聲嘩嘩，她伸頭看了看，讚嘆道：「很棒。」

Deli受到漢語老師的表揚，高興地唱起了京劇，「黑臉的張飛叫喳喳——」

他邊唱邊模仿水袖飛的動作，轉了一個圈，手裡就多了一個信封，「喬，這是妳上個月的薪水。」

周喬放下番茄，把手擦乾再接過，「謝謝。」

Deli紳士地彎腰，「不客氣。不過，妳今晚回來遲到，是不是去約會了？」

周喬笑容斂了斂，客氣地說：「沒有。」

「哇哦，妳一定是去約會了。」Deli指著眼睛，「喬，妳這裡面，有光。」

周喬愣了愣。

Deli打了個響指，肯定極了，「一定是的，太好了，我可以約他打麻將了。」

Deli是周喬決定在美國延長半年實習期時，經專案組長介紹，接收的一名想學漢語的學生。家裡開了好幾座大農場，純粹嚮往神祕東方文化，他打算明年去亞洲短居兩個月，所以想學一些漢語。

周喬雖是過來交流的，但日常開支也不小。Deli開出的報酬十分友好，都是年輕人，相處自然愉快。

周喬很快做出了一碗肉絲雞蛋麵，Deli邊吃邊問：「喬，今天見面的，是妳那位初戀情人嗎？」

周喬沒遮掩，點點頭，「嗯。」

「他想重新追妳？漂洋過海來看妳？」

「不。」

周喬心裡明白，這真的只是一場偶遇，更沒有追求一說。

Deli 一副我很懂的表情，嘶哈嘶哈地吸著麵條，「那妳是怎麼想的呢？」

周喬沉默了一下，輕聲，「我沒想法。」

Deli 仔細端詳了她好半晌，搖頭，「妳撒謊。」

「真的沒有。」上一秒的半分猶豫已經全然消失，周喬的眼神很堅定，「我們不可能了。」

結果，Deli 喝光一碗麵湯，才揉揉飽腹的肚子，無頭無腦地說了句，「妳眼睛裡，沒了光。」

周喬心浮氣躁地對他翻了一記白眼，「你什麼時候當上了眼科醫生？」

Deli 朝她吐舌頭，「下次帶我見見他，你們不是常說，喝杯白酒，交個朋友嗎？」

周喬：「……」

吃完麵，Deli 快速地滾了。

他剛走，周喬就收到陳清禾打來的電話，告訴她明天生日飯的時間是下午五點半。

周喬問：「地方在哪？」

『沒事，』陳清禾說：『會有人來接妳的。』

周喬心裡咯噔一跳，恐懼直覺地想說：「不用了！」

但還沒來得及說出口，陳清禾就掛斷了電話。

很快，到了第二天下午。周喬提前半小時換好了衣服，羊絨高領打底，中長款的白色外套，裡面穿了一件純色短裙。

她對著鏡子左右照了照，平日這身衣服是她去公司參加研討會時穿的，合乎場合也得體。但今天不知怎麼的，周喬總覺得哪裡都不滿意。

她上上下下巡視了兩三次，終於找到不滿意的藉口——腰好像又細了。

於是，她自我說服、心安理得地從衣櫃裡找出上星期才買的一件新裙子換上。

裙子顏色鮮豔，像一朵春天初開的花。

周喬捏了捏腰身，嗯，這下合身了。

四點半的時候，周喬在樓下等來了接她的車子，是昨晚那輛黑色的保時捷。

周喬看著車輛駛近，手心不由得輕輕握成了拳頭，她拇指摳著掌心，一下一下，感受到薄薄的濕意。

出汗了。

車子按了兩下喇叭，然後車窗滑下，停在她面前。

駕駛座上的陳清禾笑臉露面，「喬喬妹！」

「……」周喬大夢未醒一般，「是你啊。」

「當然是我啊，不然妳以為是誰？」

周喬敷衍地笑了笑，拉開車門坐上去，遞去一個禮物盒，「陳哥，生日快樂。」

陳清禾禮貌地當場打開，是一對襯衫袖釦。

「謝謝，我很喜歡。」

周喬繫好安全帶，「麻煩你親自來接了。」

陳清禾想說，要不是某人沒膽，昨晚拿刀架在他脖子上，逼著他來接，他陳清禾才懶得來呢。

「我們晚上先吃飯，吃完就去嗨一嗨。」陳清禾都安排好了，「出發。」

原本以為，陸悍驍是不會來的。但到了餐廳發現，他竟然在。

陸悍驍和厲坤站在落地窗邊閒談，他手上夾著一根菸，偶爾吸兩口，煙霧嫋嫋而散，談笑風生的樣子像一幅畫。

聽見推門聲，陸悍驍側頭，見到周喬，他指尖一頓，然後垂下手，很快將菸碾熄。

厲坤挑眉，低聲說：「沒出息。」

陸悍驍無所謂地瞥他一眼，用比他更低的聲音回道：「就沒出息，你管我？」

這頓「生日飯」，全靠陳清禾調動氣氛。但他也知趣，隻字不提任何勸和的話，拚命講述他光榮的部隊生涯。

這家中餐廳名聲不錯，位子難訂，能短時間訂下這麼一個包廂，也算有人盡心盡力。

陸悍驍坐在陳清禾左手邊，周喬坐右邊。後來，陳清禾興致高漲地唱起了軍歌。換做以前，陸悍驍肯定是與他一起瘋的。

但這一次，他安安靜靜的，負手環胸，輕輕靠著椅背。

這麼長時間，他一句話都沒說過。也許不是不想說，因為好幾次，周喬都注意到，陳清禾與厲坤聊到興頭，陸悍驍欲言又止地張嘴想加入，但最終還是沉默地將存在感降到最低。

這份小心翼翼的沉默寡言，似乎是怕惹了誰的嫌。

周喬不是滋味地端起酒杯，仰頭就是一大口。

她仰頭的這一刻，陸悍驍才敢明目張膽地把目光縫在她身上。

陳清禾這傢伙唱軍歌唱嗨了，正事都忘了，好在厲坤是個能控場的人，幾句就把話題轉到周喬身上。

在他滴水不漏，無從拒絕的聊天裡，周喬不得不說了很多她在美國的生活。

陸悍驍決定事後跪著對厲坤唱征服。

聊著聊著，厲坤的手機響。

陸悍驍傳來的訊息：『問她有沒有男朋友，問啊，快！』

厲坤果斷回覆：『滾，老子不當媒婆。』

散場時，夜色臨世。

厲坤把車從停車場開上來，陳清禾身手了得，搶在所有人前面霸占了副駕駛座。

周喬無語地站在原地。

陳清禾從車窗探頭，呵呵笑道：「快上車，先送妳。」

後面有車在催了，周喬只好拉開車門坐上後座。

陸悍驍就在旁邊，空氣好像被塞滿。他側過頭看了周喬一眼，語氣無異，「繫好安全帶。」

周喬囫圇地「嗯」了聲，照做。

車子沒多久就開上了大道。

厲坤坐姿筆直，肩胛骨線條硬挺鋒利，陳清禾沒事就伸手撩撩他的手臂，戳來戳去地說：「別人都說，拿塊豆腐撞死，呵呵，真想死，就應該往厲隊的肌肉上撞。」

厲坤很嫌棄，「拿開你的狗爪。」

陳清禾不吃威脅，繼續戳他肌肉，厲坤先是不苟言笑，下一秒，猛然出手，鉗住他的手腕往後一扳。

「靠！」陳清禾痛叫，酒醒了大半。

而厲坤也分了點心，恰遇紅燈急變，他迅速踩下剎車。

後座的周喬反應不及時，被震得往右邊栽。

陸悍驍沒有半秒考慮，伸手一攬，飛快地扶住了她。

體溫相依竄在一起，陸悍驍的四肢百骸全在叫囂。他毫不猶豫地死死摟住周喬的腰，那五指溫度隔著衣料——燙人、灼心。

陳清禾被厲坤掰得手腕生疼，他邊揉邊罵邊側頭，「你這是虐待下屬，驍兒你評評理。」

陸悍驍不怎麼情願地鬆了手，周喬落荒而逃一般，趕緊一坐三尺遠，恨不得整個人嵌進左側車門。

腰上的溫度猶在，一時間沒辦法降下來。

周喬整個背上都出了汗，她尷尬地別過頭看窗外，心臟撲通撲通狂跳。

陸悍驍的眼眸跟點了墨似的，他瞥了周喬一眼，心裡浪海濤天。半天才回答陳清禾：「你跳車吧，我打不過他。」

「靠。」陳清禾很受傷，「奸商都他媽現實。」

厲坤背脊挺直而坐，抬手對陸悍驍豎起了大拇指，又問：「前面路口是不是該右轉了？」

但周喬還在方才尷尬的情緒裡沒有回過神。

「直走開過這個紅綠燈，第二個路口左轉再往右，有一條小路比較快。」陸悍驍沉沉開口，對答如流。

周喬被他這猝不及防的「活體導航」搞整得更加茫然。

他竟然對這一區如此熟悉。

厲坤車速加快。

陳清禾順便詢問：「喬妹妹，妳什麼時候回國啊？」

周喬答得很含糊，「還要一段時間。」

「一段時間是多久？」

陸悍驍心裡忍不住想為陳清禾打燈，他表面平靜無波，其實耳朵豎得比誰都長。

周喬說：「看專案進度，現在也不好說。」

嘖！

陸悍驍心裡發出一聲不耐的感嘆詞，同時又祈禱陳清禾再接再厲，必須刨根問底。

哥們的默契十足，陳清禾如他所願，索性問了時間範圍，「過年前總會回來吧？」

周喬這才點頭，「嗯。」

今年農曆新年早一些，一月底便是。那離現在還有將近三個月時間。

後視鏡裡，陳清禾與陸悍驍的眼神交匯一秒，陸悍驍心領神會地點了下頭。

他這個年齡，對逢年過節已經沒有什麼期盼了，但現在，他又像時光倒流二十年的孩童一般，開始期待，開始倒數。

至於這三個月，陸悍驍特別有精神地想，大不了多飛幾趟就是了。他守著心裡這點小祕密，獨自歡愉。

半小時後，車停下。

周喬推開車門，「陳哥，謝謝你的晚餐。」

她一隻腳還在車裡，不遠處，公寓門口的 Deli 興奮的對她招手。

周喬換上笑臉，身姿輕盈地迎上去，「Hi。」

陳清禾和厲坤不約而同地往後一看，陸悍驍的臉色可以用五彩斑斕黑來形容了。

Deli 腳踩滑板，穿著寬鬆的大衣，莫西干頭金黃燦爛，非常年輕有活力。他腳一蹬，帥氣地滑到周喬身前，「吃葡葡不吐萄萄皮——喬，我今天學會了一句繞口令。」

周喬聽得直發笑，糾正他，「是葡萄皮。」

她微笑的樣子，明亮又自然，看得陸悍驍眼睛噴火。

Deli 從包裡拿出一樣東西，伸手在周喬衣領間比劃，「胸針贈品，送妳了。」

從車裡看過去，這個角度極其親密，陳清禾心想不妙，趕緊道：「厲隊，鎖門！」

「呀噠」輕響，厲坤反應極快地把車門上了鎖。

「……」陸悍驍委屈著臉色，「幹什麼？」

「怕你揍人家。」

說話的同時，厲坤轉動方向盤，車輛迅速駛離。

陸悍驍的頭重重靠向椅背，鬱悶地閉上了眼睛。

陳清禾感嘆，「剛才那黃毛皮膚白得跟女人似的，沒一點陽剛之氣。驍兒別怕，正面剛他！」

過了好久，陸悍驍才問了個風馬牛不相及的問題：「你們也覺得，我是一個只會動拳頭的人嗎？」

「看情況吧，」陳清禾說：「平時人面獸心，但在周喬的事上，你是不要臉的，從裡到外都是野獸氣質。」

陸悍驍沉默。

人總是這樣，抽身而退的時候，才領悟來遲，夜深人靜他也會後悔，如果當初做得再好一點，表現得更成熟一些，那麼現在的結果，是不是會不一樣。

陸悍驍手指握成拳，鬆了又緊，緊了又鬆。

剛才還盼著過年的好心情，現在全跌到了谷底。

這邊公寓。

周喬把虛心好學，為了炫耀自己學的那句繞口令，而特地跑來的Deli同學，用一碗肉絲麵打發走後，已經快十點。

當房間靜下來，她的心事就以百米衝刺的速度齊齊聚在一個點上。那個點瞬間發散，勾勒出的清晰圖案，全是陸悍驍。

他瘦了，哪怕穿著外套，也能看出肩膀的弧度更加稜角鋒利。

他也不愛說話了，飯桌上，陳清禾侃侃而談的話題，也不再附和半句。

周喬把兩小時前的畫面一一回顧，他還變得愛抽菸，她兩次去洗手間回來，推門都能看見他在沉默地吞雲吐霧。

周喬沉沉閉眼，最後所有的細節都串成在車上被他抱住的一幕。

周喬越想越慌，不由自主地摸了摸自己的腰。

唉，煩死算了。

其實她剛來這邊，生活得並不習慣。尤其表現在飲食差異上，初來時什麼都不懂，天天漢堡可樂，吃得她一聞到油炸味就想吐。後來摸清了周圍情況，就開始添置鍋碗瓢盆，自己做飯吃。這邊蔬菜貴，但麵條餃子都無比可口。

兩個月的暑假實習很快就結束，李教授又寄來郵件，問是否願意再待半年。周喬承認，自己把這個突然的消息當成了救命稻草。

那時剛和陸悍驍分手，她迷信地認為，越怕什麼就越來什麼。回去之後，學校離他住的地方那麼近，說不定哪天就「巧遇」上了。

於是，周喬決定再給自己多一點忘記的時間。

她選擇留下來，繼續跟組學習。

這四個多月，陳清禾倒是時不時傳訊息和她聯絡，問她住哪裡，過得怎麼樣。周喬抱著殺一儆百的決心，沒留下任何再聯絡的機會，每每敷衍了事，聊個一兩句便藉口中斷。

她在上海認識的人不多，斷了這麼一兩個關鍵人物，與那座城市就好像平行線一樣。兜兜轉轉，一切又回到了最初。

周喬在這邊的專案工作其實並不繁重，她為了讓自己沒時間亂想，就接了Deli的漢語老師工作。Deli二十七歲，看起來卻和十七歲少年一樣逆生長。是個黏人又幼稚的大男孩，特別喜歡吃周喬做的肉絲麵。

有時候，周喬覺得自己一定是著魔了，竟然能從Deli身上看到陸悍驍的影子。

每次，Deli用蹩腳的中文把她逗得捧腹大笑時，Deli都一本正經地攤開手心，「喬，聽我說笑話是要收費的。」

周喬捲起書本，往他手心連敲三下，「給，不用找了。」

但從此以後，Deli 的肉絲麵裡都會多兩個煎蛋。

他們保持和平友好的亦師亦友關係，周喬對 Deli 的印象十分不錯，她堅定的認為，是因為開朗陽光的性格容易讓人喜愛。

就在她覺得自己已經完全適應沒有陸悍驍的日子時，命運就是這麼無賴的，又讓兩人碰面了。前晚遇見，周喬自認為表現良好，風輕雲淡地打招呼，灑脫自然地聊天。

就在她對自己的表現打一百分時，當天晚上，她就被打臉，轟轟烈烈地失眠了。

失眠時，壓制許久的念頭如同掙脫封印的妖魔鬼怪，全都跑了出來，她有好多問題——

我離開以後，你和你母親的關係和好了嗎？

我放在你臥室的一些書，都已經丟掉了吧？

陸奶奶的身體康復了嗎？

七月中旬的獅子座，三十歲生日時，你吹蠟燭許願了嗎？

周喬坐在沙發上，仰頭看著天花板，轉念一想，也許這都沒什麼，他工作本來就忙，過來出差待個幾天就走了。

周喬自我安慰，瞬間鬆了口氣。

就在她準備去洗澡的時候，手機響了，有電話進來。

周喬拿起一看，是陳清禾。

她接聽，「陳哥？」

『哎呦我的天，喬喬，這次妳真的要幫哥一個忙了！』陳清禾語氣著急，『麻煩妳看看妳的包裡，是不是有個小的資料夾？』

周喬邊應邊起身，「好，你等等啊。」

她打開出門時揹的包，外層袋裡的確有一個。她記起來了，是吃飯前陳清禾放她那的，說是沒帶包，拿在手裡不方便，但走的時候，兩人都忘記了這件事。

陳清禾如釋重負：『沒丟就好。裡頭是一些重要資料和證件，我明天集訓要用的。』

周喬很快說：「你在哪？要不然我搭車送過去給你？」

『不用。』陳清禾說：『我已經歸隊了，半個月封閉訓練沒辦法出來，這樣吧，我讓悍驍過去拿，妳看方不方便，他大概四十分鐘後能到。』

周喬看了下時間，那就是十一點之前，她說好，她會等。

結果，陸悍驍半小時就到了樓下。

是保全打電話給她，說有人找。周喬還納悶呢，怎麼不直接打她手機。後來才反應，兩人分手的時候，她把陸悍驍的聯絡方式全拉黑了。

周喬心虛又尷尬地下樓，遠遠就看到那輛黑色保時捷。陸悍驍倚在車門邊，斜靠站著，又在抽菸。

「不好意思，久等了。」周喬不敢耽誤，小跑過去，手裡拿著那個資料夾。

陸悍驍下意識地站直，又飛快掐滅才抽了兩口的菸，沉著氣說：「沒關係，沒等太久。」像是怕她誤會，補充解釋，「我不知道妳住哪一樓。」

周喬又聯想起自己拉黑號碼的行徑，心虛地岔開話題，「從這裡過去陳哥那遠嗎？」

「還好，晚上不塞車。」陸悍驍接過東西。

交接完之後，兩個人沉默。

陸悍驍腳步猶豫在原地，不甘心地重新燃起溝通橋梁。

「我來的時候，看見封路了，沒辦法原路返回，還有別的路出去嗎？」

周喬愣了愣，來不及思考是否真的封路，告訴他：「往右邊，走社區裡頭，到後門也能通向主路。」

陸悍驍鼓起勇氣，「這邊我不太熟，妳能帶我嗎？」

他這句力求平靜的疑問裡，還是被周喬聽出了幾分小心翼翼和苦苦哀求。

心一酸，她本能地說：「好。」

有些東西，一旦開始就停不下腳步。

幫陸悍驍指路，出了社區開入大道，結果發現，從這走回公寓也挺遠。

陸悍驍理所當然地提建議，「乾脆一起吧，等一下我再送妳回來。」

於是，周喬又糊裡糊塗地再次與他同乘同行。

好在陸悍驍留了足夠的空間給她，認真開車，不說一個字，盡職地扮演著乖巧的雕像。

將資料夾順利交給集訓營的警衛後，這一來一回，送周喬到家，已經快凌晨一點。

陸悍驍停好車，突然面色隱忍痛苦，用極輕的，但足夠讓周喬聽見的音量，痛苦難掩地倒吸一口氣，「嘶……」

推門到一半的周喬，停住動作側頭，「你怎麼了？」

陸悍驍微蹙眉頭，「能不能上去用一下洗手間？」

「……」這真是個讓人無法反駁的理由。

周喬點點頭，「上來吧。」

陸悍驍心裡頭的小超人握拳對天激動地喊了聲，「YES！」

他喜極而泣地跟上去，踩著周喬的步伐，每一步都規規矩矩。

周喬開了門，把路讓出來，「洗手間在左邊。」

陸悍驍眼神一掃，驚喜地發現，鞋架上沒有男士拖鞋。心裡的那個小超人又激動地跳起來，「太好了，黃毛洋鬼子沒地位！」

陸悍驍矜持又禮貌，脫了鞋，赤腳踏進來。

周喬目光低在他腳上，沉默地轉身，從鞋櫃最下層拿出一雙一次性的拖鞋，塑膠袋上印著酒店名，沒拆過的。

陸悍驍穿上後去了洗手間，門一關，他終於能卸下這該死的淡定面具，肆無忌憚地打量起一切，沐浴乳、洗髮精，瓶瓶罐罐的護膚品。

毛巾架上，黃粉藍三條，乾乾淨淨。旁邊還掛著睡衣以及一件……黑色的蕾絲內褲。

陸悍驍覺得身體血液流速瞬間加快，臉也發了燙。

也就這一瞬，他心裡的小超人又在叫囂，「我不想走！」

陸悍驍打定主意，「方便」完後，拉開門走了出去。

周喬正從廚房出來，抬頭一看，陸悍驍左手捂著胃，眉頭緊皺，背脊微彎。

她愣了一秒，脫口而問：「是不是胃又疼了？」

說完，連她自己都訝然了。

習慣真是個可怕的東西，抵抗不住任何的偽裝。陸悍驍胃不好這事，她一直沒有忘記。

如果不是為了演戲，陸悍驍高興得真想當場跳舞。

她在關心他！

她不是完全冷漠！

陸悍驍更加用力地賣慘，無所謂地說：「沒關係，水土不服而已，前天剛來就疼了一夜，昨天還行，腹瀉了六七次。不太嚴重。」

「……」周喬臉色微變，半晌，指著沙發，「你先休息一下。」

她又返回廚房，倒了杯溫水給他，「喝點熱的，樓下有藥店，疼太厲害，就買點胃藥。」

陸悍驍一口氣喝光整杯水，一滴不剩。

又爭取到能和周喬待在一起的十分鐘機會。

但他也不敢過分，怕被拆穿又讓她反感，十分鐘後，果斷地滾蛋。

「我走了，妳早點休息。」陸悍驍站在門口，控制好分寸，忍住了耐心，平聲告別。

周喬看著他還捂著胃的手，抿了抿唇，「你等一下。」沒多久，她拿了一盒藥遞給他，「藥店可能關門了，你吃這個吧。」

陸悍驍看到藥名，這下是真的皺眉了，「胃藥？妳怎麼會有這個？妳什麼時候也胃疼了？次數多嗎？是不是沒好好吃飯？」

陸悍驍接二連三地發問，去他媽的演技感人。

他只關心他的女孩，來了趟美國這才幾個月，就把自己弄得出毛病了。

周喬沒說話，直接關上了門。

像極了落荒而逃。

陸悍驍：「……」

他心裡空蕩蕩地下樓，解鎖，上車。剛坐上去，就看到副駕駛座位上的手機。

是周喬的。

第二十三章　放不下

公寓裡。

周喬被陸悍驍弄得心煩意亂，她開始洗杯子，把鞋子放回鞋架，又將不怎麼滿的垃圾袋，丟去了樓梯間。

整個人渾渾噩噩，連丟完垃圾回屋沒關緊門都渾然不知。

好像非要做些什麼，分了心才好。

再後來，周喬去洗澡，剛把衣褲脫掉，才想起沐浴乳昨天就用完了。於是，她不作多想，習以為常地拉開門，只穿一件內褲走去客廳。

日用品收納在矮櫃裡，周喬拿出一瓶新的，轉過身剛要邁步。

沒想到，門卻突然被推開！

陸悍驍拿著她遺落在車上的手機，毫無徵兆地出現在門口。

兩個人四目相對，空氣靜止。

周喬剛洗完澡站在門口，頭髮鬆散地綁著，一縷順著臉頰慵懶垂落。身材纖瘦，這半年多似乎沒長什麼，皮膚如瓷器，雖然瘦，但肌理勻稱，比例尤其好。

兩分鐘前，陸悍驍上來時，發現門沒有關，手輕敲，就自己彈開了一條縫。

周喬最先反應過來，慌亂拿手遮擋，逃也似的就要去臥室！

陸悍驍雙目赤紅，攔住她，毫不猶豫地從背後把她攔截抱住。他力氣大，周喬被他抱離地面，在原地轉了小半個圈。

熟悉的記憶都回來了，那些歡愛與甜蜜往事呼嘯而來，陸悍驍根本不想鬆開她，聲音烙火一般，滾燙沸騰。

「門都不關緊，妳要死啊！」頓了頓，他啞著嗓子，又說：「……要是被別人看了去，我就死給妳看。」

來不及體會他話裡的情深意重，周喬現在羞愧想死。

她的手還護在胸前，生怕被他占了便宜。

陸悍驍溫溫柔柔地圈住她的細腰，心跳一聲一聲如亂鼓落下。

他警告道：「別動了，妳別再動了。」

周喬縮成一團，她能感受到男人的身體變化，男女力量懸殊，真是毫無還手之力。

「你放開我。」周喬聲音發抖，「放開我啊。」

陸悍驍的手掌，不甘心地壓了壓她的皮膚，終於還是理智獲勝。他脫了自己的外套，蓋在周喬肩上，然後慢慢轉過身背對著。

周喬抓緊衣服，落荒逃進浴室，背靠著牆壁，倏地腿軟蹲在地上。

陸悍驍的大衣又寬又長，肩頭還有淡淡的香水味，跟記憶中的一模一樣。周喬越聞越心浮氣躁，想起剛才那一幕——死了算了。

但總這麼避而不見也不是辦法，陸悍驍的衣服還在她這，總不能讓人穿件襯衫出門吧。周喬深吸一口氣，提醒自己這只是一個插曲，和他分手什麼關係也沒有了。

不要太在意！

這催眠似的自我安慰，讓周喬心裡好過了一些。她很快把衣服穿好，心一橫，拉開門走了出去。

陸悍驍還站在原地，維持這個動作沒有變過。

周喬望著他的背影，戴好名叫「我很淡定」的面具，沉心定氣地走過去，「給，你的外套。」

陸悍驍卻不正眼瞧她，猛地轉身，和人擦肩而過，留下一句：「借洗手間用用。」

周喬望著「碰」一聲關緊的門，頓時無言。

門裡，陸悍驍抵著牆，全身鬆懈下來，疲憊地掐住自己的眉心揉了幾圈。

死女人，門有沒有關緊也不知道？萬一進來的不是他，根本不敢想會發生什麼。

陸悍驍一陣後怕，同時又氣又急，心想，看來離開我，也不見得過的有多好。

他把周喬從頭到腳批評了一頓，批完之後又洩氣。美國的水土是不是摻了激素啊，他的女孩該大的地方都大了，前凸後翹，白花花的胸和大腿。

「靠！」陸悍驍把周喬的身體潦草地回顧了一遍，再低頭看了自己的褲襠一眼，便再也不敢亂想了。

他認命地嘆了口氣，「喬喬，妳磨死我得了。」

然後，他解開皮帶，手緩緩往下伸。

十幾分鐘後，他從洗手間出來，面色無異，也不多言。

本來還坐在沙發上的周喬，下意識起身，她把手背在身後，看起來很緊張。

陸悍驍拿起沙發椅背上的外套，「我走了。」

周喬含蓄地點了下頭，「嗯。」

陸悍驍沒讓她為難，走到門口，停了下，側過頭說：「鎖好門。」

「……」周喬的臉又快燒起來了。

「碰」的一聲，門關了，她才敢抬頭看過去。

門又輕輕晃動了兩下，是陸悍驍推門的動作，他在確認門有沒有關緊。

周喬走到窗戶旁，撩開兩層窗簾，偷偷往下看。

沒兩分鐘，陸悍驍的身影出現在夜色裡，他手腕上掛著大衣，並沒有穿在身上，就連衣袖也挽起了半截。

周喬心想，胃疼的人還這麼不知保暖。

很快，她被自己這種「恨鐵不成鋼」想法弄得有點無語。正常來說，這種憤懣埋怨，只會對自己心有掛念的人產生。

陸悍驍以前是她親密愛人，那現在呢？

周喬不敢深想，一思考這個問題，他那厲害的媽、苦口婆心的奶奶，以及種種看似和諧，其實暗藏洶湧的過往就搶先冒了出來，讓周喬望而生畏。

周喬搖了搖頭，「唉！」

想什麼呢。

她視線黏著樓下的陸悍驍，看他走向車邊，拿出車鑰匙，然後拉開車門。路燈光影灼灼，凌晨夜靜，他就是唯一的風景。

可就在這時，陸悍驍突然往這個方向抬起了頭。

嚇得周喬趕緊放下窗簾，往牆邊一躲，心臟撲通撲通地狂跳。

他發現我在偷看他了嗎？應該沒有吧，角度很小的。

周喬忐忑許久，等了一下，不死心地撩開窗簾一角，悄默默地又看了一眼。

車不在了。

她鬆了一口氣。

樓下。

黑色車子從路口慢慢駛出來，半邊滑下的車窗裡，某人的笑意再也收斂不住了。

陸悍驍手肘搭在車窗邊沿上，懶散地撐著太陽穴，心裡的小超人又在十八般武藝地鬧了，「還說對我沒感覺？」

陸悍驍心裡燃起奇異的自信和鬥志。

「明明喜歡得要命！」

第二天是公休。

周喬如往常一樣起得早，因為Deli的漢語課程都安排在公休日，半天課，九點開始。周喬洗漱完畢後，把資料溫習了一遍，再把小黑板搬到客廳。

電話響的時候，她以為是Deli，結果是一個陌生號碼。

周喬接聽，「Hello？」

聽了幾秒，她差點脫手，是陸悍驍。

知道是他，周喬的雞皮疙瘩泛起一層，下意識地問：『你換號碼了？』

那頭頓了頓，聲音沉悶，「沒換，被妳拉黑了而已。」

周喬尷尬得想咬舌自盡，真是哪壺不開提哪壺，自己要不要這麼蠢。

『妳下來吧，我送了點東西給妳。』陸悍驍之後的語氣倒是平靜無異。

周喬：「什麼東西？」

『妳下來就知道了。』

話語簡短，但分明透著不可抗拒。而且，陸悍驍也學會了先發制人，不給她拒絕的機會，直接掛斷了電話。

「……」

周喬先是無奈，但轉念一想，下去一趟也沒什麼要緊，反正等一下要幫Deli上課，陸悍驍也鬧不出什麼事情。

於是，周喬便心安理得地換鞋下樓。

在電梯裡，她的心情和上面跳躍的數字一樣，起起伏伏，噗噗通通。極短的時間內，她已經無法思考，這亂跳的心臟，究竟是因為他的叨擾，還是因為自己的隱隱期待。

她頭頂陽光明媚，腳踩著斑駁樹影，出電梯後，不由得加快腳步。

陸悍驍站在路邊，背對著。

周喬停了停，深呼吸，剛準備邁步上前，卻愣住。

呃，陸悍驍旁邊站著的，是Deli？

而且兩人有說有笑的樣子，看起來十分和諧。

「……」

他們什麼時候搞到一塊去的？

「Hi，喬！」Deli 揮招手，興奮地說：「這裡有一個恨有意思的妳的碰友。」

周喬對他各種口音夾雜的漢語深感絕望，她敷衍地扯了下嘴角，慢步走過去。陸悍驍雙手環胸，側身對她點了下頭以表示意。

周喬對他笑了下，然後皺眉看向 Deli，用英文說：「難得你今天不遲到。」

「不遲到的好處很大，能讓我碰到他，真是太有意思了。」Deli 把陸悍驍誇得沒邊，「我喜歡交有趣的炮友。」

「NO。」陸悍驍低聲糾正，「不是炮友，是朋友。」

「……」周喬無語片刻，對 Deli 說：「你先上去。」

「不上去。要去一起去。」Deli 抓著陸悍驍的手臂，「今天，我想學寫作文。名字已經想好了，就叫〈我的好夥伴〉。」

陸悍驍挑眉，忍笑，一臉無辜精英模樣。

周喬心裡叫罵，這是什麼豬隊友啊。

「喬，妳微笑的樣子很美，不笑的時候像豬豬。」Deli 食指往自己鼻間一頂，鼻孔被頂得朝天，他還特地學了兩聲豬叫，「就是這樣的。」

「……」跟這黃毛簡直是雞同鴨講，周喬又把目光投向陸悍驍，意思是，請你自覺一點。

但他正低頭看手機，滑兩下螢幕像模像樣，演了個貨真價實的視而不見。

周喬完全沒轍。

Deli手搭在陸悍驍肩膀上，直接推人走，「反正都認識，陸，上去教我寫作文吧。」

於是，陸悍驍一副「我是被逼的」的表情，「大義赴死」一般進了電梯。

他再次踏進周喬的公寓，心裡美翻天。

Deli去廚房喝水的時候，周喬溜進去，不客氣地踹了他的小腿一腳，「你幹什麼呢？」

「噯。」Deli星星眼，一臉崇拜，「他的freestyle說得太棒了，押韻特別好，我想拜師學藝。」

這個理由真是清新脫俗。

但一想，這兩人在某方面的確有異曲同工之妙，也就不足為奇了。

陸悍驍心裡那點算盤，周喬不是不清楚。收買人心最有一套，但還搶奪她的飯碗，這就有點說不過去了。

Deli上課前，友好地提醒，「陸，你可以坐沙發，看到你，我就有信心學好中文。」

陸悍驍含蓄地點了點頭，「加油。」

周喬捲起書本，往Deli頭上敲了敲，冷聲勾笑，「既然這麼有信心，今天就學繞口令吧。」

Deli最怕的就是這個，他發出一聲慘叫，「哦買噶。」

當然只是說說而已，周喬不是公報私仇的人。按課程進度，她按部就班地耐心教學。

陸悍驍賴在沙發上，隨手拿起桌上的一本書翻閱。

是一本心理學書，內容均以問答的形式呈現。

陸悍驍看了目錄一眼，翻到感興趣的那部分。書應該是經常被周喬翻看的，所以紙頁有著微捲的弧度。他一翻，就攤到了常打開的一頁上。

白紙黑字，標題是：如何克服心理障礙。

行文間的中心思想很清晰，分了步驟闡述起因結果，五六點列下來，最後一點是探討感情。而就感情這一段的結尾有一句話：只有從心底克服障礙，才能涅槃重生。

這句話被黑筆圈了一條波浪線，旁邊寫了四個字——我做不到。

筆鋒尖銳，力透紙背，一筆一畫如同雕刻。

陸悍驍一眼就認出，這是周喬的字跡。

他的心突然泛起了酸。竟沒有「她還愛我」的快感喜悅，他無法想像，當初遠赴異國他鄉，坐在夜深燈黃下的周喬，是用如何孤寂的心情寫下的這四個字。

陸悍驍的負罪感以及愧疚，再一次深深碾壓而來。

他手指摳緊書，抬眼看向正在專心講課的周喬。

她輕言細語，柔順而乖巧，是個全無攻擊力的女孩。在他追悔莫及喪失隕落的那段感情裡，看似他愛的比較多，強烈的占有欲，莫名的不安感，容不得她三心二意。其實所謂的三心二意，只是他自己臆想出來的自以為是。

周喬的細心和包容力，是那麼強大而無畏。

是他以己度人，自我妄為，生生糟蹋掉了這段感情。

陸悍驍的指腹一遍一遍摩挲著周喬寫的這四個字。

他發誓，這一生，絕不在同一個地方犯錯兩次。

兩個半小時很快過去。

周喬闔上課本，對 Deli 說：「你把這兩個字多寫幾遍，括弧裡是組詞用的。」

Deli 比了個 OK 的手勢，「需不需要造句？」

「口頭就行。」周喬對他豎起大拇指，「你今天表現很棒。」

Deli 見縫插針，機靈地問：「那麼，喬，很棒的 Deli 可不可以得到一碗肉絲麵當獎勵？」

「不行，不可以。」

「Why？」

「伙食費。」周喬故作嚴肅，攤開手心，「很貴的。」

Deli 搖頭嘆氣，去掏錢包，「喬，妳不美了，妳是大壞蛋。」

周喬作勢打他的手，「還真的給啊？算了算了。」

Deli 立刻笑臉，「喬，妳可美了，妳是大好蛋。」

什麼鬼。

周喬忍不住笑了起來。

「陸，你也來一碗麵條。」Deli 熱心地招呼陸悍驍。

這人一上午坐在那不吭聲，周喬都差點忘記有這號人在。

她戳了戳 Deli 的肩膀，「喂，你亂嚷，不禮貌。」

Deli 不服氣地辯解，「他是妳的客人，不留人家，妳才是不禮貌的。」

「……」

這個學生能不能退貨？

既然都這麼說了，陸悍驍當然只好再一次「盛情難卻」、「不情不願」地留下來吃麵條了。

周喬在廚房忙，兩位祖宗在客廳練習 freestyle。

Deli 那毛骨悚然的笑聲，聽得周喬忍不住想翻白眼。

她又趴在門口，偷偷瞄了陸悍驍一眼，之前心亂不敢多看，這時才發現，他今天一身休閒裝扮，白色粗線毛衣看起來還有點小性感。

周喬搖了搖頭，「想什麼呢！」

麵條容易做，兩大碗，她自己弄了一份小的。

Deli口水直流，「哇哦，我已經餓得前胸貼後背了。」

陸悍驍讚嘆，「會的俗語還挺多。」

Deli手伸向其中一碗，卻被周喬喝住，「欸，你吃左邊的！」

「為什莫？」Deli瞅了瞅，恍然大悟，「原來是多了番茄。」

陸悍驍愣住。

他低眼看過去，真的，三碗裡，只有一碗放了切成薄片的番茄。

周喬心裡尷尬到不行，但依舊強力維持表面淡定。她把番茄麵條推到陸悍驍面前，沒說一句話。

陸悍驍渾身像有電流通過，一層又一層刺激著他的神經。他的心在戰慄，握筷子的手在發抖。他喜愛偏酸的口感，周喬記得，她竟然記得。

兩人之間，心事無言地重疊在了一起。

一個心思狂亂，一個微愣困惑。

周喬沉默地吃著麵條，一根一根挑在筷子上。

陸悍驍目光肆無忌憚地看著她，有那麼一瞬間，「讓我重新追妳，好不好」這句話，差點就要說出口。

衝動的時候，Deli這枚電燈泡閃閃發光。

「喬，今天的麵條，比以前做得還要好吃。」

陸悍驍總算拉回一些耐心，但很快，他又蹙起了眉頭，直直看向Deli，「你經常吃她做的麵條？」

「當然。」Deli沒心沒肺地說：「有時候，跑上幾十公里，也要過來求一碗。」

陸悍驍臉色沉了沉，「晚上？」

這洋鬼子晚上也來？那昨天晚上的情況，真是太不安全了。

陸悍驍心裡不是滋味，也不再說話，悶著臉色，低頭吃麵。

這不吃還好，越吃越離譜。

一碗完了，他說：「沒吃飽。」

周喬顧著禮貌，總不能讓客人餓肚子吧，於是又下了一碗。

一碗又一碗，陸悍驍一直說吃不飽。

其實周喬很糾結，不讓吃吧，又怕被他曲解成關心。在這種矛盾的拉鋸戰裡，周喬也很鬱悶。

Deli快崇拜死他了，「會說freestyle的大胃王．陸。」

吃到第四碗，周喬終於看不下去，不幹了，沒好氣地說：「麵條被你吃光了。」

陸悍驍這才甘休，起身的時候，肚子太脹，他有點撐不住地扶住了桌角。

雖然只是一下，但周喬還是全程看在了眼裡。她心裡恨恨地想，看吧，看吧，肯定胃又疼了！

陸悍驍面色淡定，看起來沒什麼異樣，禮貌地道別，還說：「謝謝妳的午飯。」

「……」周喬臉色不佳，負氣似的把門一關。

Deli哇噢一聲，「不就是吃了她一點麵條嘛。」

陸悍驍右手虛掩著胃，飽腹感讓他略微難受，他走在前面，對Deli說了一句莫名其妙的話。

「我要把麵條吃到跟你一樣多。」

Deli：？？？

公休日的下午，周喬都會午睡一小時，再看看書和電影。但自從陸悍驍走後，她心神不寧無法專注，總覺得有事要發生。

果然，傍晚的時候。

陸悍驍用新號碼傳訊息給她，說他胃病發作了。

就知道！她就知道！

周喬的情緒，難得的粗暴一次。

也許是氣憤當頭，她竟然直接打了電話過去，兩聲之後，陸悍驍很快接聽。

不等他說話，周喬一頓劈頭蓋臉的喝斥。

「胃疼活該，你不知道自己胃不好嗎？吃幾個朝天椒就能住院，你哪裡來的自信可以吞下四碗麵條啊？麵食在肚子裡還會膨脹的，你不生病才怪！」

這冒出來的脾氣，摻雜了不少陳年舊火，這一次，周喬抑制不住地衝動了。

電話裡的陸悍驍，久久沒有出聲。

沉默讓周喬瞬間冷靜不少。

她後悔得想咬舌，說到底，他是死是活，關她什麼事？

就在周喬狼狽不堪準備掛電話時。

陸悍驍突然開口了，聲音啞然地喊她的名字，『喬喬，別掛。』

周喬的手，不怎麼堅決地又舉回了耳朵邊。

陸悍驍聲音低沉又虛弱，『我的胃真的很疼。』

周喬心一酸，「那你還吃那麼多。」

陸悍驍：『因為Deli吃了。』

「他吃你就吃啊？」周喬語氣又軟了一度。

『嗯。』陸悍驍默了兩秒，聲音雖小，但理直氣又壯地說：『那是妳做的麵條，他不可以吃得比我多。』

「……」周喬還記掛他的身體，「你能走嗎？自己開車去醫院。」

『走不動了。』陸悍驍說：『胃藥吃下去也沒用，我想喝熱水，這裡連個燒水壺都沒有。』

「……」周喬擰眉，「你住在哪裡？」

說話間，她已經起身拿鑰匙和錢包，走向玄關處。

陸悍驍說了地址。

周喬聽完，換鞋的動作頓住。

這不就是她公寓旁邊，條件實在普通，價格尤其便宜的黑心小旅館嗎？

周喬住的地方不是什麼高檔公寓，離實習的公司近，圖個來回方便。這周邊的公司有不少，所以旅社、餐廳也多。

周喬沒想到，陸悍驍會住在附近。

她出門前，又返回臥室拿了一根溫度計，想想覺得不夠，再走去廚房，用保溫杯灌了一瓶溫水放在包裡。

那家旅館就在社區門口，周喬很快趕了過去。

上樓的時候，碰見幾對男女摟抱調情。陸悍驍開門的時候，好幾張露骨的小卡片從門縫裡抖落下來。

波霸女神，豐臀肥乳，甚至還有光著屁股的男性媚眼迷離。

「……」

「……」

陸悍驍飛快解釋，「我不知道誰塞進來的，我沒有叫。」

周喬卻注意到他捂著胃的手，問：「疼得厲害？」

陸悍驍把路讓出來，逞強地說：「還行。」

說完又覺得不合適，怕她以為他是騙人，於是趕緊補一句，「就是一陣陣的墜痛，吃了藥也沒有用。」

周喬走進房間，「藥呢？給我看看。」

趁陸悍驍去拿藥的工夫，周喬打量這個房間一圈。一百五十公分寬的木板床，白色的床單被套，簡易的一個櫃子和髒不拉幾的地毯。

這種地方，他住得慣？

「給。」陸悍驍走過來，遞給她一大包。

他是真的疼，時不時地蹙眉，臉色也不太好。顧不上別的，陸悍驍主動坐躺向床上。翻身的時候，他難以抑制地顫出一聲痛苦的哼吟。

周喬擰開保溫瓶，「你先喝點熱水。」

陸悍驍瞅見這個藍色的小象水杯，「妳的？」

周喬「嗯」了聲，「我洗過了。」

陸悍驍端起就喝，咕嚕咕嚕幾大口，心想，洗不洗我不管，反正這就是間接接吻了。

周喬看完那些藥，皺眉道：「這些止痛藥要少吃。」

陸悍驍嗓子被水潤過，聽起來格外磁性，「剛才疼得受不了，就算是鶴頂紅我也喝了。」

周喬：「要不然去醫院吧？我下去叫車。」

她剛轉身，手腕就被陸悍驍一把扯住。滾燙的指腹在她皮膚上跟火印似的，周喬擰眉，沒有怪責他的莽撞，而是直接伸手探向他的額頭。

「陸悍驍，你在發燒。」

她的手背還帶著剛從外面進來時的涼意，摸得陸悍驍一個戰慄。

他貪婪地抬高頭，將自己更緊密地貼向周喬的手，「嗯？我發燒了？不知道，就覺得胃裡好燙。」

周喬的手又移到他臉頰上，確認之後，直起身，「不行，必須去醫院。」

她拿出從家裡帶來的溫度計，不由分說地塞給陸悍驍，「量一下腋溫。」

陸悍驍乖乖照做，毛衣厚實，他拉下左邊的衣領，故意露出圓弧滾翹的肩頭，還往周喬身邊靠了靠。

「……」

好一個心機美男計。

周喬掀起被子就往他頭上蓋，「快量。」

陸悍驍從被子裡探出頭，只露出他那雙正宗的桃花眼，眼尾微彎，對周喬笑。

周喬被他盯得渾身不自在，咳了一聲，假裝看手機。

靜了幾秒，陸悍驍突然問：「妳什麼時候把我放出來？」

周喬起先沒明白，「嗯？」

「黑名單裡關了這麼久，是時候放出來了吧，嗯？」

周喬手抖，手機差點掉地上。

往事就像一道將好未好的新疤，周喬努力避之，小心翼翼不去觸碰，卻被陸悍驍三言兩語地挑破，大喇喇地問了出口。

周喬捏緊手機，不說話。

陸悍驍嘆了一口氣，「不放就不放吧，被妳關個無期徒刑，也是我活該。」

周喬十指蜷了蜷，問：「陸奶奶身體還好嗎？」

「老樣子，夏天的時候就不太好了，冬天難養肺，支氣管炎也嚴重，霧霾天氣根本不能出門。」

夏天。

就是她和陸悍驍的事鬧得他們全家不愉快的時候吧。

陸老太太一輩子賢良淑德，相夫教子，歲月給了她溫和沉靜的標籤，她一生所求，不過就是一句家和萬事興。陸悍驍和徐晨君的之間的暴亂，讓陸老太太兩害相較取其輕，選擇站在媳婦這一邊，去說服周喬。

聽說陸老太太身體不好，周喬沉默地將手垂在腿上。

陸悍驍輕聲，「喬喬。」

周喬被這聲熟悉的暱稱勾得抬起了頭。

陸悍驍整張臉從被子裡冒了出來，略微病態的臉色，反而顯得比平時沉靜。

「我知道，跟我在一起時，妳受了太多委屈，我那位一根筋的媽，還有助紂為虐的奶奶。」他自嘲地笑了笑，「最主要的，還是因為我。我在生意場上，那麼招人喜歡，怎麼到了妳這，就變成智障兒童了呢？」

周喬安靜地聽他做檢討，不置可否。

陸悍驍目光溫柔地落在她臉上，輕聲緩調地繼續，「我在工作的時候，可以與對手耐心周旋，但對妳，卻一昧地認為妳是我的所有物，妳的生活、交際，通通只能是我的。現在想想，真的很蠢蛋。」

談及舊事時，周喬本來還挺緊張，但聽到他破心挖肺地坦白，反而輕鬆了。

陸悍驍是她人生裡不可否定的，最重要的一個男人。

他在她爸媽轟轟烈烈鬧離婚的時候，給了她一處容身之處。也是她二次考試路上，熱烈又安心的陪伴。

她本以為，分手之後，時間能撫平一切。但在歌廳門口，看到他坐在車裡的那一刻，身體裡那已經鏽掉的機器，又神奇地自由運轉起來。

陸悍驍停了一下，突然牽起她的手。

因為發燒的關係，他的手心燙得可以煎雞蛋，周喬不怎麼堅決地掙了掙，陸悍驍猶豫了半秒，還是把她緊緊握住。

「我說這些，只是認錯。我不會再逼妳，也不會再做讓妳討厭的事情。」

陸悍驍像個考試不及格的小學生，拿著重新書寫的試卷，小心翼翼地讓家長簽名。

「喬喬，如果妳願意再給該死的陸悍驍一次機會——我一定認認真真的跟妳走完這一程。」

陸悍驍不把分手的原因怪罪給任何外人，只從自己身上找找原因。

他幼稚又衝動，萬事都以「我認為」為先。那時候在醫院，賀燃和他聊天，有句話說得太對了——

只要一個男人能給出充分的安定和信任，女人還回來的擁抱，會比想像中更多。

懂事總是來得比較遲，陸悍驍看著周喬，他目光渴望，但又不自信地望而卻步。

周喬低著頭，睫毛密密整整地在下眼瞼上投出一片小陰影。

她沒說話。

她眼眶微紅，不敢抬頭。

好不容易穩住情緒，周喬才敢看他，表情無波無瀾地丟了句，「體溫計給我看看。」

「……」陸悍驍心裡雀躍萬分，雖然沒答應，但也沒有明著拒絕！

他乖巧地拉開毛衣領，比剛才刻意露出更多的肩膀，還對周喬似有似無地微瞇雙眼。可以說是，一招美男計貫穿一生了。

周喬摘了他手裡的體溫計，不自然地移開眼，舉高手看了看，「三十八度三。」

陸悍驍虛弱地「唔」了一聲，「我不去醫院，我不打針。」

周喬聽到他孩子氣的抗議，心裡也動搖了，妥協道：「那我下去幫你買退熱貼，貼額頭上。」

陸悍驍小聲道，「我想洗個澡。」

「……」

難不成還要我幫你搓背？

陸悍驍可憐兮兮地說：「我不用這裡的浴巾。」

這家旅館的特色，一是便宜，二是開房的男女特別多，老闆也不是個講究的人，衛生條件實在堪憂。

周喬想了想，鬆口，「你現在能走嗎？」

陸悍驍差點喜極淚流，恨不得對他的女孩三跪九叩，忙說：「能走，就是腿根軟，沒力氣。」

周喬看著他東倒西歪地下床，蓋在胃上的右手始終沒挪下來。

陸悍驍微彎背，擦肩而過時，手臂一軟。

周喬扶住他。

陸悍驍目光倏地爆亮。

周喬淡定高冷地甩出兩個字，「走吧。」

但那臉龐，分明染了一層燈光夜色也掩蓋不住的緋紅。

周喬把陸悍驍領回自己的公寓。

反正該知道的地方，他都知道了，周喬也不再多介紹，找了新毛巾給他就回了臥室。

陸悍驍洗了個舒服的熱水澡，出來時，發現沙發上多了被褥和枕頭。茶几上放了一杯熱水和一支溫度計。

陸悍驍看了周喬的臥室一眼，門縫裡沒有光亮，應該是睡了。

陸悍驍舒坦地往沙發上一躺，聞著被子上的味道，嗯，是周喬蓋過的。他又起身，把熱水喝了，量了體溫之後用那個新號碼傳訊息給周喬。

『我不燒了。』

周喬當然沒有回。

但陸悍驍還是心滿意足，美美地睡了一覺。

第二天，周喬從臥室出來，發現陸悍驍已經穿戴整齊，正在窗戶那看風景。聽見動靜，他回頭，對她燦然一笑。

「早上好啊。」

陸悍驍三十而立，身材保持得十分好，背挺腿長，不穿正裝的樣子，看起來年輕不少，其實碰面的這幾天，陸悍驍給人的印象一直是克己沉默比較多，但此刻他風清朗月的這一笑，就是貨真價實的「回憶殺」。

周喬表情僵硬地點了下頭，「嗯，早。」

陸悍驍看了看時間，說：「我見冰箱裡有冷凍餃子，就下了兩碗，妳的在鍋裡溫著。」頓了下，他又道：「我十點半的飛機。」

周喬無法裝淡定了，一臉愕然，「要、要走了？」

陸悍驍：「五天假期，已經透支了我今年剩下的休息日了。公司事情多，要回去處理。」

他說得十分公事公辦，換周喬沉默了。

陸悍驍拎起收拾好的包，把剛用過的刮鬍刀放進去。

「我會來看妳。」

他背對著，聲音很輕。

周喬站在他身後，手指摳著手指，「開車慢一點。」

陸悍驍轉過來，面對面的時候，他的身高優勢展露無遺。周喬不自覺地往後退一步。

她這個下意識的舉動提醒了陸悍驍，失落之餘，更多的是耐心勸住自己，沒關係，再堅持，她做什麼都是應該的。

陸悍驍在心底默默打氣，然後平靜了不少，對周喬笑了笑，「這身衣服很好看。」

周喬低頭掃了一眼，「每週一都要參加討論會，所以穿了職業裝。」

陸悍驍卻向前一步，雙手放上她的衣領，慢條斯理地理了理，「這邊沒弄齊。」

待周喬反應過來，他已經退回原位，當什麼也沒發生過。

「該走了。」陸悍驍看了看手錶，拎起包。

走到門口，他又轉身，語氣頗重地說了一句，「晚上，一定要關緊門。」

周喬大窘。

「還有，沐浴乳、洗髮精這些，提前檢查好。」陸悍驍又說。

「……」

第二十四章　重拾

陸悍驍到了機場，候機時，他拿出國外備用的這支手機，準備傳訊息告訴周喬他到了，但按字母的時候，陸悍驍心思動了動，神使鬼差地拿出國內用的那支。

通訊錄裡，周喬的名字一直是第一個。

陸悍驍猶豫了幾秒，做好心理準備後，沒抱什麼希望地按了下去。

大概又是忙線的短嘟聲。

他正想喝水，索性開了擴音，將手機擱在腿上，空出的手去擰瓶蓋。

幾秒短暫的連接緩衝時間。

陸悍驍剛把水瓶放在唇邊，仰頭一小口。

『嘟——』

竟然通了！

陸悍驍一口水瞬間噴了出來，嗆得他瘋狂咳嗽。

他手忙腳亂地拿起手機，小心翼翼地放在耳朵邊，大氣不喘地等待著。

一聲、兩聲、三聲，周喬沒有接。

方才急湧而上的激動，又瞬間被失落替代。

她為什麼不接電話？還是不想和他說話嗎？

是不是一時衝動，才把他放出了黑名單？

或者，她又後悔了？

那邊自動掛斷，這些問題在陸悍驍心裡已經九曲十環亂想飛天。

機場廣播，提示他該登機了。

陸悍驍默著臉，推著行李箱，大衣垂在他手臂上，要死不活地晃著。

排隊快輪到他時，手機乍然驚響。

陸悍驍看向螢幕，天，是周喬！

這他媽玩的是雲霄飛車！

陸悍驍秒速接聽，「喂。」

周喬的聲音也微喘，『你打我電話的時候，我正在發言，怎麼了？你到了？還是路上出什麼事了？』

陸悍驍把手機貼緊臉頰，「……妳是跑出來的嗎？」

周喬的喘氣還未平復，聽得很明顯。

『嗯。』她承認。

陸悍驍眉開眼笑就在這一瞬間，他彙報，「我快登機了，路上很順利，我到了傳訊息給妳。」停了一下，他徵求地問：「喬喬，可以嗎？」

這一面之後，我還可以再聯絡妳嗎？

空服員已經在微笑地催促他登機，陸悍驍：「沒關係，我不逼妳，我不會過分打擾妳，我……」

『可以。』周喬打斷他，說，『可以。』

陸悍驍耳朵嗡的一聲，像有煙花轟然炸開。

他在關機前的一分鐘，果斷地打開聊天軟體，傳了好友申請過去。

這一次，他再不敢犯一丁點錯誤，他要把欠女孩的東西，一樣樣地還回去。

而這邊。

偷溜出來的周喬，在回去會議室時，收到了陸悍驍的好友申請。

驗證訊息是一句話：『點擊接受加好友，我就不再去跳樓。』

周喬笑了起來。

嗯，總算有了點陸草包的風格了。

兩個人以穩紮穩打的速度，慢慢適應，慢慢融合，慢慢有了又一次的交集。

陸悍驍雖然思念發狂，但還是謹記教訓，懂得克己有度，每次都預估著周喬應該不忙的時間，再傳訊息給她。

內容也很簡單，應酬時吃到的一道不錯的菜，出差時看到的有趣小東西，亦或者是散步時碰到的蝗蟲、飛蛾。

時差關係，周喬也不會當即回覆，陸悍驍睡醒的第二天，偶爾會收到她一兩句簡短回應。周喬甚少單獨傳訊息給他，但更新動態的頻率明顯在增多。

兩個人保持著恰好的距離，彼此試探、習慣，都在默契地默默努力，修復過去的傷痕。

就這麼過了兩個月，周喬手頭上的案子，也正式進入了最後收尾階段。

而陸悍驍告訴她，下週他要來美國。

反應不會騙人。

周喬起床看到這則訊息時，心跳隔著薄薄的衣裳，快要從胸口跳出來了。

等心跳平復一些，她算了算時間，自己差不多也是那個時間回國。

於是，她沒作多想地回覆：『我下週回來，你難得休息，別特地跑一趟了。』

原以為他會在睡覺，沒想到，訊息來得飛快。

陸悍驍：『我是過來出差的。』

「……」

周喬恨不得羞憤而死。

她把自己埋在被窩裡，裹著被毯滾來滾去。

啊啊啊，還以為他是特地來看她的，結果是公事，這不是自作多情嗎，死了算了啊啊啊啊！

這時，手機又響。

陸悍驍：『出差是順便，接妳才是重點。』

這句話後面，還連著三個紅心貼圖。紅心跳動，像要溢出螢幕，周喬撓了撓自己滾得蓬鬆的頭髮，笑得比晨光還燦爛。

這滿懷期待的一星期，是她來美國大半年裡，最愉悅的七天。

周喬洗曬衣服，收拾行李，交接工作，匯總實行報告，還帶了禮物給李教授他們。但就在見面的前兩天，陸悍驍突然告訴她，公司有突發狀況，可能沒有辦法來接她了，但安排好了車，到時候接她去機場。

這個臨時改變的主意，讓周喬愣了半天。

說不失望是假的，但一想到他有理有據，周喬很快就接受了。

時間過得很快，周喬終於告別這八個月的異國學習生活，回到了家鄉的懷抱。

但她沒想到的是，來機場接她的，竟然是陳清禾。

「喬妹妹，這裡。」快至農曆新年，機場裡隨處可見喜慶的裝飾物。

周喬任由陳清禾幫忙拿行李，她來來回回環視四周。

陳清禾當沒看見，態度有點刻意搞笑，「喬妹妹妳變得越來越白了，別誤會，我是說皮膚白哈哈哈。」

周喬心眼明淨，看出了他的不自在，直接問：「陳哥，你是有什麼話要對我說嗎？」

陳清禾頓時閉口，左右搖頭，那力氣跟嗑了藥似的。

周喬眉眼淡定，點了點頭，「那好。」

就在陳清禾如釋重負的時候，她又說：「但我有話要問你。」

「……」

「他人呢？」

陳清禾撓了撓後腦勺，眨眼亮晶晶，「誰啊？厲坤嗎？去以色列執行任務了。」

周喬打斷，「陸悍驍。他去哪裡了？」

陳清禾心裡哎呦一叫，心想，現在的小女生，都他媽跟人精似的，太難欺騙了吧。

周喬的目光很淡，但筆直地看著他，不給他半點逃避的機會。

陳清禾欲言又止，嘆了一口氣，終於服氣。

「啊，這事，驍兒本來不讓我說的，但妳既然問了，我也不能騙女人。」

周喬一顆心吊上了天臺，她臉色發白，嘴唇微張，「他出事了？」

陳清禾點了點頭。

周喬心一涼，跟霜降似的，立刻問：「……瘸了？殘了？還是……死了？」

陳清禾：？？？

周喬眼眶瞬間通紅，失控地抓住他的手，「你說話啊，你說啊！」

陳清禾被她晃得眼冒金星，「別、別晃了……哎呦，陸悍驍在醫院呢……他明天有個手術要做。」

陳清禾說到「他要做手術」幾個字時，聲音漸漸小了下去。

「驍兒不讓大夥告訴妳，誰告密，就跟誰絕交。妹，妳可千萬別把我賣了啊。」

周喬這一刻反而平靜下來，她站在原地，神游四海，終於賞了個眼神給陳清禾，「去醫院。」

「啊？」

「去醫院。」

「不是，」陳清禾沒想到她會這麼直接，「妳剛回來呢，回去休息調時差，等安頓好了我再帶妳去，好不好？」

周喬搖頭，見他沒有順意的動靜，索性自己拎起行李就要走。

「欸，喬喬妹、周喬。」陳清禾追上來，「是回去吧？住哪呢？我送妳。」

周喬腳步驟停，她目光茫然，半晌，低下頭說：「沒有住的地方。」

陳清禾內心喊糟，真是哪壺不開提哪壺。

周喬父母這婚一離，能夠半載不打個電話給她，哪裡還有什麼家。

陳清禾也覺得這是個可憐女孩，心一軟，答應了，「好，我帶妳去醫院。」

吉普車裡，陳清禾邊開車邊說了下情況。

「悍驍最近總是喊胃疼，哥們幾個聚會他也不來，說吹不得風，也吃不得燒烤，來了也玩不起。」陳清禾打了方向燈，停在右轉路口等綠燈。

「其實他一直都有胃病，早些年創業，酒桌應酬弄得太多，二十出頭的小夥子，喝酒無比生猛，為了爭取一個合作人，白酒能夠吹瓶。後來生意做大了，這些小事他不常出面，身體才養好了些。」

周喬無心看窗外風景，問：「這次是怎麼病倒的？」

「和規劃局幾個新長官吃飯，酒喝得有點猛，當晚在家就不行了，我接到他電話的時候，說話彷彿只剩著一口氣似的。嚇得我大冬天的套了件短褲就開車去接他。」

陳清禾回憶一下前幾日的畫面，覺得還是後怕，「他家的備用鑰匙我這裡有一把，開門進去的時候，悍驍趴沙發上，沙發墊子上全是血，我他媽還以為他生理期來了，簡直不可思議呢！」

陳清禾自己哈哈哈笑了兩聲，又嘆氣搖頭，「胃潰瘍創傷面積很大，被酒精一刺激，他就吐血了，送到醫院一檢查，胃裡還長了塊息肉，位置在胃口。」

周喬聽得十分認真，抬起頭眉頭緊皺，「危險嗎？醫生怎麼說？」

陳清禾點頭，「那塊息肉太大了，醫生說必須手術切除，不然癌變的概率非常高。」

周喬揪緊了自己的衣角，滿腦子都是那個聞之色變的兩個字。

「不過妳也別擔心，手術切除後，會馬上送去檢驗，如果沒什麼事，以後多注意就行。」

周喬反口問：「那如果有事呢？」

陳清禾沉默了。

他收起笑容，轉動方向盤，過了彎道很遠，才開口，「不會的。」

陸悍驍住在最好的市立第一醫院。

主任將手術時間定在明天早上九點，這時正在做術前的各項檢查。

陸悍驍躺在病床上，衣袖挽起，護士正在幫他抽血。

托盤裡已經有六、七管了，旁邊還有四個空管。

針頭粗，扎進去的時候，他皺了下眉。這小護士應該是新來的，見他皺眉，手就不由得發抖。

陸悍驍笑著說：「沒事，妳扎得很好，是我的原因，我這人天生怕疼。」

他輕鬆地拂去了小護士的緊張心情。小女生抿嘴不好意思地笑了笑。

陸悍驍玩笑道：「抽完我可是要吃糖的啊，你們這裡發糖嗎？」

小護士笑出了聲音，這病人態度溫和，長了一副標準的明星臉，穿著病服也擋不住他的帥意逼人。尤其輕言細語安撫人的模樣，簡直要把人融化。

抽完血後，小護士紅著臉蛋走了。

陸悍驍壓著針口，睡臥在床上休息。他看了看時間，算起來，陳清禾應該已經接到周喬了。但這畜生怎麼也沒回個信呢？

陸悍驍等得不耐，拿起手機撥了過去，那頭很快接聽，陸悍驍劈頭蓋臉一頓罵，「你是不是沒錢交電話費了？沒錢我借你。」

陳清禾聲音怯怯發抖，『不，不差錢。』

「接到人了沒？」

『接到了。』

「沒露陷吧？說我去杭州出差了。」

『沒、沒露陷……』

「那就好。」陸悍驍剛放心，就聽陳清禾弱弱地嗽了一嗓子，『因為已經露無可露了。』

陸悍驍：？？？

『驍兒，抬起你高貴的頭顱。』

病房門被推開。

陸悍驍看過去，還舉著手機的陳清禾嘿嘿笑，含蓄地讓了一條路，露出了身後的周喬。

陸悍驍：「……」

陳清禾舉手投降，「我知道你的眼睛又大又明亮，但也用不著這樣看我吧，別怪我啊哥們，是你女人太精了。」

話還沒說完，陸悍驍操起手邊的抱枕砸了過來。

「老子要你有何用！砍死你好了！」

抱枕擦著陳清禾的臉頰而過，停在半空，被周喬一手抓住。

陸悍驍看著她，眼神軟下來，一副「我又做錯事了」的可憐模樣。

周喬拿著抱枕走向他。

陸悍驍緊張地往床頭縮，壓針口的手不知所措地亂放。

周喬面無表情，看不出喜怒哀樂。

陸悍驍怕了，扯了個尷尬的笑容，正準備說點什麼。

周喬卻突然彎下腰，湊近他，拿走他手裡的棉花往方才抽過血的地方輕輕按了上去。

「壓好，都出血了。」

她的頭髮有淡淡的香，聲音比髮香更淡。

陸悍驍的心情先是美滋滋，但美著美著，他就美不動了。

周喬頭髮遮住側臉，鼻尖挺翹立著，上面有一顆欲墜的淚珠。

陸悍驍愣了下，然後飛快地伸出手，蜷起食指，將那顆眼淚拂去。

「喬喬？」

周喬沒應。

陸悍驍彎了彎嘴角，「心疼我了？」

還是沒應，但鼻尖上的淚珠，一顆接一顆掉的頻率更快了。

陸悍驍抽回手，掌心貼著她的側臉，不由分說地把人掰成面對面。

周喬眼眶通紅地望著他。

過了一下，陸悍驍才輕聲問：「看夠了嗎？我是不是比以前更帥了？鼻子很挺對不對？跟妳說個祕密啊，我去韓國整了個容。」

周喬眼睛更紅了，哽咽道：「不好笑。」

陸悍驍手繞到她後腦勺，把人往前壓，兩人額頭抵額頭，呼吸深深淺淺地交纏在一起，又熱又暖。

這個姿勢近，陸悍驍的眼睫毛根根分明，他抱歉地說：「對不起啊。」

周喬卻用掌心堵住他的嘴，「不說這個。」

「我不是故意騙妳的。」陸悍驍偏了偏頭，執意說出來，「真的只是不想讓妳擔心。」

周喬語氣仍有埋怨，「萬一有什麼呢？等著我去幫你掃墓嗎？」

陸悍驍忍不住笑了起來，「年紀輕輕的，很有理想嘛。」

周喬覺得這話太不吉利，於是推開他，坐直了，說：「誰的理想是掃墓啊，你別玷汙理想這個詞。」

陸悍驍雙手枕著後腦，大喇喇地往後一靠，「這病生得值。」

周喬煩死他的胡言亂語了，瞪了他一眼。

陸悍驍還是笑，「真值，至少妳回來了。」

周喬故意曲解他的意思，「你不生病，我也是要回國的。」

「嘖！」陸悍驍嘆道，「哄哄病人不行啊？」

一聽病人，周喬到底軟了心。她目光放低在他腹部，小聲問：「還疼嗎？」

陸悍驍說：「妳回來就不疼了。」

「不開玩笑行不行？」周喬語氣竟多了一分哀求，「病歷呢？給我看看。」

「看什麼病歷啊，看我。」陸悍驍不滿意道。

「你有什麼好看的，生個病醜死了。」

「醜？」陸悍驍不開心了，「哪裡醜了？不是我大話，護士們搶著幫我抽血做檢查呢。」

「……」

這時，三聲敲門聲「咚咚咚」，是剛才幫他抽血的小護士。

她紅著臉跑進來，抓了一把糖放向床頭，又騰騰地跑出去了。

陸悍驍對著周喬挑眉，「這待遇，瞧見沒。」

周喬「哦」了聲，平靜道：「那恭喜你啊，這麼快就有喜糖吃了。」

說完，她拿起一顆，站起身。

陸悍驍一把抓住她的手腕，低聲笑罵了一句，「老子服妳管還不行嗎？」

周喬被他扯回床沿，她坐下去，陸悍驍坐起來，毫不猶豫地將人抱住。

他身上輕微的藥水味入鼻，讓周喬走過場一般掙扎了一下，然後迅速放棄抗拒，任他為之。

陸悍驍下巴抵在她肩頭，半閉眼睛，舒服嘆了口氣，「別動，讓我抱一抱。」

周喬有些僵硬，不太自然，找了個藉口說：「癢。」

「哪裡癢？」

「脖子，你呼吸掃的。」

「癢嗎？」

「癢。」

「真的癢嗎？」

「……」

周喬反應過來，嗔他，「陸悍驍！」

「在這呢。」陸悍驍笑聲爽朗，更用力地環住她的腰，笑容收了收，「妳瘦了。」

「不用摸，上次在美國，我就看出來了。」

又提那件事，周喬臉跟燒著一樣，索性裝什麼都沒聽見。

陸悍驍恨不得把缺失的擁抱都補回來，悶聲問：「如果我沒有住院，妳是不是還要折磨我一段時間？」

周喬聽完，直起背脊，「我現在也沒有答應你什麼啊。」

「……」陸悍驍陡然僵硬，提氣揚聲，「我們這還不算和好嗎？」

周喬毫不怯色地和他對視，糾正道：「吵架，才叫和好。」

陸悍驍明白過來，鬱悶極了，「妳單方面的分手，不算。」

新鮮，分手還有單方面這種說法。

周喬內心哭笑不得，但還是維持表面淡定，「算不算不是你說了算。」

陸悍驍目光可憐，雙手捧起來，舉到她面前，「關愛老弱病殘，打發一點愛行不行？」

周喬「啪」一聲打了他的手掌心，「行！」

陸悍驍疼得蹙眉，疑問：「這麼響，妳的愛好什麼時候變成『啪啪啪』了？」

「……」周喬抽回手，「嗯，還能貧嘴，應該死不了。我走了。」

她作勢起身拿包。

陸悍驍急了，「走？別啊，我要死了，死了死了。」他捂著胃，像模像樣地痛苦呻吟，「快，快叫醫生。」

周喬信以為真，手忙腳亂，「你先躺著，我這就去叫醫生。」

天地良心，她只是想去扶人，卻被陸悍驍一把抱住，兩人滾向病床，陸悍驍藉著身高體長的優勢，三兩下就把周喬鉗在手臂裡。

「我他媽現在只能用苦肉計來逼妳就範了，嗯？」陸悍驍抬了抬身子，分了點力氣不至於讓她受傷。

周喬看著他的臉，眉毛、眼睛、鼻子，最後不由自主地抬起手，食指輕輕點向他的唇。

陸悍驍啞著聲說：「都是妳的。」

周喬的手指又往下滑，鬍渣微冒的下巴，凸出的喉結，撩得陸悍驍渾身著火。

他一把按住她的手，說：「命也是妳的。」
周喬看著他的眼睛，一動也不動。
陸悍驍呼吸越來越熱。
他先是試探地低頭，見周喬沒拒絕，就毫不遲疑地吻住了她。
這在夢裡肖想過千萬遍的畫面，終於成真了。
陸悍驍沒有放肆，一個一觸即退的親吻。
他小心而寶貝，生怕一不小心失控，又惹了周喬的厭煩。
但周喬卻哭了。
像是很久以前被人搶走糖果的小孩，沒人幫她說話，沒人為她撐腰。委屈的眼淚順著眼角淌向髮鬢。
「剛去美國的時候，我整夜失眠，一閉眼全是你的樣子。再後來，習慣了那邊的生活，公司的一些男人、學校的同齡人，也有過對我表示好感的人。」
周喬看著他的眼睛，誠實說：「我也想過，或許我能夠接受一段新感情。我嘗試和他們接觸，一起看電影、一起吃飯、一起去看歌舞劇，一天兩天還好，超過一個星期，我就提不起興趣了。」
陸悍驍點了點頭，「嗯。」

表示他在認真聽。

「我嘗試過，努力過，但我還是做不到。」周喬鼻尖通紅，望著陸悍驍，負氣地怪責：「你太壞了。」

陸悍驍心裡發苦，但還是用輕鬆的語調分散她的難過和傷心。

「嗯，要不然我們在村口擺上幾桌，慶祝一下我太壞了？」

周喬哭中帶笑，不解氣地握拳搥他的肩膀。

「打吧打吧，出了氣，我們就算和好了，行嗎？」怕她拒絕，陸悍驍又補了句，「別再折磨我了，萬一明天上了手術檯就下不來……」

「陸悍驍！」周喬急著去堵他的嘴，「呸呸呸。」

他的鼻子嘴巴都被周喬的掌心遮住，只露出眼廓深長的眼睛，往上一揚，是在笑。

周喬只覺得手心一道濕熱，是陸悍驍不懷好意，打圈似的舔著她的手心。

擺明了趁機占便宜。

占便宜就占便宜吧，周喬忌諱他的胡言亂語，好像捂住他的嘴巴，那話就不作數一樣。

陸悍驍舔夠了，不過癮，乾脆擋開她的手，不知饜足地再次接吻。

不比剛才，這一次，他動心且堅定，十分用力地抱緊了她，像是失而復得的珍寶。

周喬被吻得迷迷糊糊時，陸悍驍蠱惑地問她：「老婆，妳什麼時候跟我回家？」

這短暫的打岔，拉回了周喬些許理智。

她摸著他的尾椎骨，沒有半點商量餘地，「如果你明天沒有順利從手術檯上下來，我馬上找個美國學長，再也不回來了！」

陸悍驍聽後，咬著她的耳朵，自信極了。

「妳土生土長亞洲人亞洲心，老公我也是……妳這樣崇洋媚外，是要被浸豬籠的。」

周喬：「……」你妹。

只要有一點進展，陸悍驍的騷話技能就蠢蠢欲動地上線了。

周喬瞭解他這一點，越表現出反應，他就越得意。冷靜觀望，才是正確的熄火方法。

於是，她別過頭，假裝沒聽見。

陸悍驍右手手肘撐在她頭上，一邊身子虛壓著她，笑了滿臉。

「我說的是他們的腹肌。一群黃毛小子，年紀輕輕沒長結實，跟我這種成熟男人能比？」

「……」周喬賞了個正眼給他，「需不需要幫你頒個獎，再奏國歌升國旗？」

陸悍驍挑眉，「說真的，妳剛才有沒有想歪？」

「沒歪。」

「真的沒歪？」

「……」

陸悍驍哈哈大笑，不再逗她，站起身，順便把她也拉起來。

「別緊張，這點分寸我還是有的。在醫院，說不定哪個護士就進來幫我抽血了。」陸悍驍理了理衣服，「都是些水靈小女生，被撞見了，教壞國家的花朵。」

這話聽起來有點熟悉，周喬心裡跑味，故意刺他，「原來你心裡，國家花朵遍山都是啊。」

陸悍驍笑容淡淡，走到桌邊，喝了一口水，才用那潤過的嗓子看著她說：「嗯。妳是萬裡挑一。」

他的視線下移，若有若無地停在她小腹間。

「我打算讓妳升個級，開花之後結個果。」

周喬聽得莫名耳朵熱。陸悍驍瞥了她一眼，話裡還帶著笑，「不用猜，就是妳想的那個意思。」

周喬咬唇，底氣不怎麼充足地瞪了他一眼，「誰要給你結個果了？」

陸悍驍不慌不忙，放下茶杯，「哦」了聲，「一個不結，那結兩個也行。」

「……」

周喬心裡默念，他是病人，別一不小心把他氣死了。

她換了個話題，「你去床上休息吧。」

陸悍驍抬起頭，「那妳呢？」

「我找個酒店，調調時差。」

「不准走。」陸悍驍手往後撐著床，又覺得這語氣是不是太強硬了，立刻換了個說法，「妳陪陪我，好嗎？」

周喬看著他方寸之間鬥轉的念想。她能感受得到，陸悍驍在克制自己的言行，用可見的細節，改善他以往那些固執自我的相處習慣。

周喬忍不住心軟，又覺得他一個三十歲的大老爺們，如此小心翼翼，也是心酸。

陸悍驍不逼她，眼神渴望，默默地行注目禮。

周喬走過去，摸了摸他軟趴趴的頭髮，「床這麼小，能睡得下嗎？」

陸悍驍眼裡有光，蹭的一下亮起，忙說：「能！我抱著妳，不讓妳摔下去！」

周喬忍不住彎了嘴角，「傻。」

「傻人有傻福。」陸悍驍欣然接受這個評價，並且沾沾自喜，「妳這張全球絕版的『福』，是老子好不容易弄回來的，快過年了，必須貼在門上，還要倒著，來年發財全指望妳了。」

周喬望著他，很安靜，忍了忍，還是忍不住問出口。「明天手術，你媽媽他們會來嗎？」

不等陸悍驍回答，她自顧自地答，「肯定會來的吧，那、那我明天去醫院門口的咖啡館等你。」

「喬喬。」陸悍驍喊她。

周喬投來懵懂的目光，這目光裡，有怕、有畏、有不知所措。

陸悍驍牽起她的手，先是安了她的心，說：「我沒讓家裡人知道。」

周喬怔然，然後很快皺眉，「那怎麼行，做手術這麼大的事，怎麼可以不讓他們知道？」

陸悍驍無聲地搖了搖頭，說得無畏且有理，「手術事小，兩個小時就下來了，一群老小，興師動眾，哭哭啼啼怎麼辦？不知道的還以為我躺屍了呢。再說，病理化驗結果，萬一真的糟糕……」

周喬當即反駁，「不許亂說。」

陸悍驍笑得吊兒郎當，偏頭對她挑眉，「這麼怕我死啊？」

「陸悍驍！」周喬急了，直接嚷了他全名。

「好好好。」陸悍驍舉起雙手，投降，「不死不死，不讓妳守活寡。」

越說越氣憤，周喬鬱悶地別過頭。

「怕什麼？」陸悍驍把她拉近了點，「我都三十歲了，除了在妳身上吃過虧，這世上事哪一件沒經歷過？我創業的時候，不也得拉著臉求人，我賺錢的時候，也還是要顧全各方關係，這裡面的冷暖，我早就體會了遍。」

陸悍驍態度很平和，畢竟是有過人生經歷的男人，對待生死之事，顯得坦然許多。

「要是真的絕症，那是八字，老天給的命。該治就治，治不好也是盡力，怕什麼？」陸悍驍捏著周喬軟綿無骨的手，滿足道：「反正，把妳追回來了，我也沒什麼遺憾了。」

周喬明明想要辯解，但話語排列在舌尖，又覺得他說得都是有理的，便什麼也反駁不出了。

她只能小聲嘀咕，好像只能用這一件事來威脅他似的。

「你明天不好好的，我不會答應你。」

「喲呵。」陸悍驍嘖了一聲，「難得啊，這是妳第一次對我說狠話。」

周喬不解氣，提腳踢了踢他腳踝。

陸悍驍忙應答，「好好好，我服妳管，妳說什麼就是什麼，行嗎？」

周喬心浮氣躁的心情，總算好過了一些。

「行了，別站著。」陸悍驍掀開被子，空出大半邊的床，「躺一下，調調時差。」

他笑起來，牙齒整齊白淨，「病美男陪睡。」

第二十五章　舊夢重溫

本該沉眠，但周喬睡得並不踏實，滿腦子都是醫院的消毒水味。

每次她半夢半醒時，陸悍驍的懷抱就會把她抱得更緊，這闊別許久的安心和熟悉感，安撫了周喬的躁意。

很快到了第二天，陸悍驍八點的手術。

一大早，主任、教授、護理長，一堆人進入病房，陸悍驍被這陣仗弄得一頭霧水。

「我靠，幹什麼呢，你們是不是隱瞞我的病情了？」連他自己都忍不住懷疑。

「沒有沒有。」主任胖佛身材，笑起來憨厚可掬，「陸總，這是術前的必要安撫，希望你不要緊張，主刀醫生是林教授。」

陸悍驍手抬了下，示意知道，「原來是幫我上心理課呢，沒事，不需要，該怎麼辦就怎麼辦吧。」

他風輕雲淡，反倒是周喬，看得惴惴不安。

陸悍驍煩了，「這群人，湊什麼熱鬧，把妳弄得這麼緊張，下次什麼慈善醫療捐助，再也不捐給這家醫院了。」

等他說完，周喬放下茶杯，沉默地走來。

陸悍驍正在換手術服，不明所以側頭看了她一眼，「嗯？」

周喬雙手挽住他的手臂，無聲地靠了過去。

陸悍驍一怔。

就聽她輕聲說：「我不會走的。」

陸悍驍動作停頓，空氣跟按了暫停鍵一樣，安靜異常。

周喬的臉頰蹭了蹭他的手臂，「其實我也有錯，那個時候，我不想面對你的母親，害怕看到陸奶奶哀求的模樣，更怕去解決這些難題。」

周喬的聲音清晰而明淨，緩聲道來，「但我卻潛意識裡，把這些困難局面的原因，都推卸在你身上，也怨怪過，為什麼你的家庭如此不開明。所以，我提出分手，也是因為我不夠勇敢，沒有足夠的勇氣去和你一起面對。」

那時候的周喬，的確在現實面前望而怯步了，而又正好借著陸悍驍的一些過錯，把她本身的問題一筆含糊了過去。

在兩人分開的這麼長時間裡，周喬也曾深夜自省自問，才明白，當時的自己，或許是站在弱勢的一方，但追根究底，是不夠堅定。

她在當時沒有堅持地為了陸悍驍，努力變成更勇敢的人。

事已至此，周喬終於剖析自我，坦誠地說了出來。

她輕而長地嘆了口氣，嘆息的尾音裡，把兩人拖入了長久的沉默。

半晌，陸悍驍才聲音微抖，問：「那現在呢？」

周喬沒有回答，但抱著他手臂的力氣，顯而易見地變大了。

她仰起頭，下巴墊在他肩膀上，眼神清澈明朗，反問他，「你說呢？」

陸悍驍：「我說了算嗎？」

周喬點頭，「嗯。」

陸悍驍陷入思考，看起來十分認真，過了一下，他重新看向她。

「喬喬，願意跟我姓陸嗎？」

周喬愣了愣。

陸悍驍過了那股熱血勁，冷靜下來，失笑道：「瞧我，老毛病又犯了，不逼妳，我們來日方長，以後妳看我表現。」

在進手術室的前半小時，兩個人算是澈澈底底地打開了心結。

沒多久，陳清禾和賀燃也趕了過來，嗓門豪氣，「哥們，進去了，一定要出來啊。不然你的漂亮老婆，我就代為照顧了。」

陸悍驍呸了他一臉，「滾！」

「罵，用力罵，動完手術三天不能下床，別把你的嘴皮子憋死了。」陳清禾嘿嘿笑。

「你才三天下床呢，老子又不是剖腹產。」陸悍驍可煩他了，「你滾邊去。」

賀燃拍拍陸悍驍的肩，「硬起來，聽見沒？」

「我靠，妳他媽這麼猛？」陸悍驍皺眉，「我上的是手術檯，又不是青樓，妳讓我硬？」

「……」

閱讀理解這麼厲害，讓你保送北大可以吧？

賀燃懶得再安慰，搖手讓他滾滾滾。

醫生已經在催促陸悍驍進去了，他爭分奪秒地，把周喬拉近，捏了捏她的臉蛋，「別聽陳清禾他們胡說八道我壞話。知道了嗎？」

周喬笑著點了頭，「嗯！」

陸悍驍又轉頭對陳清禾說：「幫我照顧好周喬。」

「放心，去去去。」陳清禾故意攬著周喬的肩膀，「你的女人，就是我的女人。」

「老子日你！」陸悍驍飛起就是一腳。

就這樣，在老友和愛人的目送下，手術室門口指示燈亮起。

手術時間預計是兩個小時，但等了半個鐘，周喬就耐不住了，在走廊上來回走，時不時往門裡張望。

「怎麼這麼久還不出來？」

陳清禾正在憑藉一己之力，玩著歡撲克牌，邊玩邊說：「早呢，才進去半小時。」

「會不會血庫沒血？他是O型血，我也是O型，我要不要去捐個血備用？」

「……」陳清禾在高級場裡一局贏了四十萬金幣，差點沒笑死，「哎呦我的喬喬妹妹，妳真他媽機靈可愛。」

周喬越想越覺得心慌，「息肉會不會沒切乾淨？又或者縫合的時候，落了把鉗子、鑷子在胃裡啊？」

賀燃笑出了聲音，「鑷子太小，治不了悍驍，起碼得放把扳手才行。」

「炸！轟隆隆！」陳清禾的打牌事業進行得順風順水，連丟兩個炸彈。

周喬：「……」

十點還差十分鐘的時候，周喬已經變身壁虎，幾乎是趴在手術室的大門上，往根本就看不清裡面的玻璃上望。

醫生從裡面推門的時候，她差點被彈到地上。

賀燃連忙扶住她，陳清禾也迎上來，三個人齊聲開口：「他死了沒？」

手術醫生的表情，可以用震驚來形容了。

他遲疑的目光游離在三人臉上，「呃，你們真的是家屬？」

陳清禾眨眨眼，「貨真價實啊，」他指向周喬，「這是他老婆。」又指向賀燃，「我們是他的兄弟，異父異母的好哥們。」

醫生已經被這長得英俊身材又好的男人繞暈了，「停停停。」他雙手往下壓，示意大家安靜。

陳清禾十分真誠，問：「搶救過來了嗎？氧氣夠用嗎？需要胃嗎？我這有。腎也能分他一個。哦，肝，肝也可以切一點去。」

眾人：「……」

賀燃哭笑不得地打斷他，「別鬧了，沒看見周喬都要哭了，讓醫生說。」

他轉頭看向醫生，態度謙和了些，「手術還順利嗎？」

「順利，三點二乘三點二公分的息肉已經切除，活體送檢加急，最快明天能出結果。陸總的身體底子非常不錯，出血量小，出來後恢復一段時間就能康復。」

賀燃鬆了口氣，「謝謝醫生。」

等醫生返回手術室，賀燃看向周喬，「放心吧，驍兒命大，神佛鬼怪都怕他。」

陳清禾贊同，「嗯，怕他發嗲。」

兩人移步，往走廊的座位走，見周喬沒跟上來，回頭喊她，「怎麼了？」

周喬的臉色像是虛汗一場後的蒼白，她搖搖頭，「沒事。」

剛邁出一步，她再也撐不住了，膝蓋發軟，「噗通」一聲，單膝跪在地上。

陳清禾和賀燃嚇了一大跳，「欸！」趕忙過去扶起她。

「沒關係。」周喬虛著聲音，借著男人的臂力站起來。她的頭髮鬆軟地擋住了側臉，陳清禾覺得不對勁，低下頭一看。

周喬那發白的嘴唇上，不知什麼時候被她自己咬破了個血口子。

這個手術是全麻，陸悍驍剛被推出手術室時，雙眼緊閉，棉被蓋得厚，還打著點滴，看起來確實嚇人。但過了術後二十四小時，拔了尿管，他的精神就恢復得差不多了。

周喬向李教授請了一週的假，待在醫院照顧他。

第二天，活檢結果也出來了，一切正常，沒有發現癌變細胞。把陸悍驍得意死了。

「陸半仙行走江湖三十年，從未失過手，童叟無欺，尤其不讓喬娘子當寡婦。」

周喬聽他貧嘴，懶得理。

「欸，小娘子，是不是該兌現諾言了？」陸悍驍扯著她的手腕，不讓她削蘋果。

不等周喬說話，他又一副惋惜的表情。

「不過，醫生說我這病有個後遺症。」

周喬抬起頭，「後遺症？」

陸悍驍正經地點了下頭，憂心忡忡道：「一年內，不能要孩子。」

周喬沒拿穩，手裡的蘋果掉到地上，滾了兩三圈才停住。

胃病不能過性生活？這是哪門子醫學理論？

周喬忍不住想拍手！

太好了！

陸悍驍心知肚明他的女孩的那點小心思，於是，不動聲色地斂眉垂眸，哀聲一嘆，「我住院的事，家裡人不知道，也不能讓他們知道，老人家身體不好，我怕她出事。」

周喬不置可否地低下頭。

頓了頓，陸悍驍又說：「但是公寓，我又一個人住，平時回家冷飯冷灶，唉，叫外送算了。」

周喬終於忍不住發聲，「你胃剛動完手術，又吃外食！」

陸悍驍眨眨眼，一臉無辜，「那我吃什麼？」

周喬是關心則亂，想也沒想地說：「我學校離你那近，我沒課的時候就回去做飯，你下班按時回來吃，不許叫外送！」

陸悍驍「哦」了一聲，大尾巴狼的尾巴藏在屁股裡得意地搖著，真誠地說：「老婆，給妳添麻煩了。」

「……」

周喬隱隱有種後知後覺的不安感——那種被賣，還替人數錢的傻瓜。

陸悍驍住院一週後，順利地出院回家休養。

之後的一個月，他都是在家辦公，就麻煩朵姐費點神，每日都把要他簽名審核的文件帶過來彙報。

而周喬，回國後時間也終於調整過來，鬆緊有度地繼續她的學業。她把時間安排得很好，保證每天都能過來幫陸悍驍做頓飯。

終於有一天，吃晚飯時，陸悍驍提議：「喬喬，要不然妳晚上睡這吧。」

周喬一口飯差點沒噎死。

陸悍驍一邊撫她的背，一邊冷靜分析，「妳看啊，這大冷天的，來回跑也吃虧，晚上妳也沒什麼課，頂多看看書，這裡就我們兩個人，特別安靜。」

周喬埋頭扒飯，狼吞虎嚥。

陸悍驍繼續幫她順毛，「我知道妳在擔心什麼，妳忘記醫生說的了？說我一年不能生孩子。所以……」

周喬嗆得猛咳嗽，「你、你別說了。」

「本來就是嘛，」陸悍驍怪鬱悶的，「一年，憋死我得了。」

其實他說得都是道理，周喬明白，來回跑，自己確實也累，但又不放心他，思前想後，她還是避重就輕地答應了。

於是。

人回來了。

一切又如從前一樣了。

周喬和陸悍驍分房睡，感情在慢慢修復，但身體還要滯後一步。陸悍驍也還守規矩，不亂撩騷，不給她過多的壓力。

周喬漸漸放了心，半個月後，陸悍驍的傷口已經恢復得很好，到了一個月，他已經能玩杠鈴了。

周喬沒想太多，「一年期限」還很遙遠，不怕。

但陸總，顯然已經控制不住，準備親手拆掉自己的陷阱。

這個週五，實驗室有資料要填報，周喬晚上到家已經快十點。

陸悍驍正坐在沙發上，背脊挺直，修長清晰的手指一頁頁地翻閱著書，「回來了？」

周喬「嗯」了一聲，進臥室拿衣服，「我先去洗澡。」

陸悍驍露了個意味深長的笑容，「去吧，我已經洗過了。」

周喬不做多想，等她洗完出來，發現陸悍驍不在客廳，他方才看過的書撲在墊子上。而主臥裡，有微亮暖黃的燈光從沒關緊的門縫裡透出。

周喬走過去，敲了兩聲門，然後推門而入。

陸悍驍正俯身擺弄著什麼，床上攤開一些東西。

周喬好奇地邊走邊問：「你在幹什麼？」

近了，看清了，她差點窒息。

平整的大床上，放著一樣樣的……捆繩、狐狸毛……跳蛋……

周喬反應過來，下意識轉身要跑。

陸悍驍比她更快，凶猛地攔腰將人截住，從背後結結實實地摟住。

周喬顫著聲音，「你、你要幹什麼？」

陸悍驍氣息熱熏，直接道：「我要做呀。」

周喬怔然地望著他，這人不是說，動了手術一年不能生孩子嗎？

像是看穿了她的疑問，陸悍驍貼著她的耳朵，輕輕地咬了一口，「我一個大男人，怎麼能生孩子啊？」

「……」

這話真是沒毛病。

陸悍驍對著她的耳朵吹著氣，騷極了地說：「我的娃，當然是我老婆來生。」

重溫舊夢，如魚得水。

陸悍驍貪歡饜足，鬧了大半宿，凌晨兩點才沉沉睡了去。

死去又活來的周喬，反而從疲憊裡醒了神。她看著陸悍驍熟睡的臉龐，這男人長了一副好相貌，鼻子是五官之王，不僅挺，形狀還好看，再來是眼睛，也不知是不是真去韓國種了睫毛，不然怎麼會比女人的還濃密？

周喬伸出食指，輕輕地掃著他的睫毛，看他不適地皺了皺眉，便不敢再動作了。

她繞著地球兜轉了大半年，還是回到他身邊。

周喬撐著身子坐起來，抱著膝蓋，側頭打量陸悍驍。

看了一下，某人懶洋洋的突然發聲。

「還看啊？再看明天就去登記結婚了啊。」

黑夜裡的周喬，彎起了嘴角。

陸悍驍睜開眼睛，睡意懵懂，「妳怎麼還不睡？」

周喬難得的跟他開起玩笑，「你長得太好看，隨便看一眼就移不開了。」

陸悍驍一聽，捂著胸口仰面朝上，「我的速效救心丸呢？麻煩餵我兩粒救一下命。」

周喬翻身趴下去，臉湊近他，在他唇上淺淺地啄了兩下，「救回來了嗎？」

陸悍驍摟住她的腰，「再親一下。」

周喬溫和極了，遂了他的意。然後低頭，墊在他胸口的位置。

陸悍驍有力的心跳聲，是這午夜時分最美妙的動靜。

「不想睡？」陸悍驍的手一下一下摸著她的背，「那我陪妳聊天。」

他強打精神，眼皮撐開一條縫。周喬說：「你明天還要上班，算了，睡吧。」

陸悍驍玩著她的手指，「沒事。」

周喬輕聲叫他：「陸哥。」

「在。」陸悍驍跟她十指交叉，緊緊扣住，「有話跟我說？」

周喬坦然地拋出了梗在兩人之間的那道難題。

「你媽媽她……」

陸悍驍閉著眼睛，並沒有太大的情緒波動，他「嗯」了聲，「我去解決。」

周喬斂眉垂眸，她多少瞭解陸悍驍的處事風格，這直來直去的性子，為了自己的心頭好較了真，一定落一個寧為玉碎不為瓦全的結果。

周喬也握緊他的手。

「我跟你一起啊。」

陸悍驍呼吸抖了抖，是在笑，他說：「不用。我再也不會讓妳受半點委屈。這一次，妳乖乖站在我身後就好。」

「可是。」周喬想抬起身子，被陸悍驍箍住，壓著不讓她動彈。

「沒有可是。」他說得強硬，轉而又是一聲無奈微嘆，「我媽她這人，凌厲，不好相處，認定的事情很難有轉變。喬喬，妳信我一次，我可以讓妳安心。」

他滴水不漏的話，把周喬的心思攔截下來。

周喬欲言又止，被他一個翻身壓在下面。

「我看妳的精神蠻好的嘛，不應該啊，剛才妳都快暈厥過去，女人的體力恢復得這麼快？」陸悍驍用胸肌抵住她，「我休息得差不多了，再來一次？」

周喬這下子澈底沒了聊天的欲望。兩眼一閉，「睡覺。」

第二天是週六，兩個人一起賴床。

賴到九點鐘，周喬賴不動了，她伏在陸悍驍身上，「我起床做早飯，再睡二十分鐘你也刷牙洗臉。」

陸悍驍哼唧了兩嗓子，捲著被子一翻，「知道了。」

看他迷迷糊糊的瞌睡蟲模樣，周喬不放心地戳了戳他肩膀，「我手機就放在旁邊，幫你設了鬧鐘，一定要起來吃飯。」

陸悍驍睡死過去。

周喬：「……」

半小時後，陸悍驍還沒有動靜，周喬喊了三遍已經沒了耐心，走過來也不廢話，把被子一掀——成熟男人的成熟身體，沐浴在乍暖還寒的初春暖陽裡。

陸悍驍衣不蔽體，什麼都沒穿。

周喬看著他這模樣，往後退一大步，「你怎麼不害臊啊！」

她這聲挺大，陸悍驍被震醒了，不明所以地看著她，「睡覺為什麼要害臊啊？」

他索性坐起來，大長腿盤著，慵懶恣意的樣子毫不避嫌。

「再說了，裸著睡好處可多了。」

周喬沒眼看，拚命地催促他，「行了行了，起床吃早飯吧。」

陸悍驍搖頭，「不想吃。」

「不可以。」

「那妳餵我啊。」

陸悍驍眼見著又要倒向被窩，周喬也不傻，拿起床頭櫃上的一本文件，開始對他搧風。

「靠！」陸悍驍瞬間清醒。

屋裡暖氣再舒服，也經不得冷風吹，更何況他還發騷地光著膀子。

「你起不起來？」周喬越搧越起勁，總有辦法治他，「你起不起來？」

陸悍驍手臂上都吹出了一層雞皮疙瘩，他服軟，「起起起！怕老婆行了吧？」

周喬捲起書，往他頭上一敲，「你又亂說！」

「那妳答應跟我結婚，不就是沒亂說了嘛。」

陸悍驍一副「都是妳的錯」表情，光著屁股下床，從衣櫃裡隨便挑了套家居服套上。

周喬不理他，去廚房盛粥。

陸悍驍邊刷牙邊去瞅她，滿嘴泡沫地說：「又喝粥啊？能不能吃點麻辣？」

周喬頭也不抬，「No。」

「我都吃了一個月清淡飯菜了。」陸悍驍央求道：「賞我個女人玩玩——給兩勺老乾媽，好嗎？」

周喬側頭，瞥他一眼，「你還玩得動啊？」

陸悍驍一口牙膏泡沫噴了出來，「哎喲，我的喬妹妹變壞了。」他三兩下刷完牙，挑眉高興，「昨晚玩不動的是妳呀。」

周喬忍不住笑了起來，提腳踹他，陸悍驍側身，躲了過去，「喲喲喲，還惱羞成怒了呢。」

周喬放下粥，追著他打。

陸悍驍跑得快，沒讓她追著，還倒著跑，氣她，「喬喬來，爸爸給妳吃肉骨頭。」

周喬哭笑不得，「喂！」

陸悍驍抬起手放在耳朵邊，打電話的姿勢，「喂，是的，我是妳的老公。」

周喬乾脆站在原地，雙手環胸，看他還能玩出什麼花樣。

陸悍驍眨眨眼，「生氣了？」

周喬抬了抬下巴，「你說呢？」

「看起來是不太高興，不過沒關係。」陸悍驍徑直走向廚房，「我願意賠罪，我去幫妳倒一杯妳最喜歡喝的水，好不好？」

「……」周喬說：「我不喜歡喝水，我比較想喝你的血。」

陸悍驍豎起大拇指，「有品味。」

周喬忍不住，踮起腳彈了一下他腦門，「我看你的身體已經恢復得很好了，不需要人做飯了，我下午搬出去，住學校宿舍。」

陸悍驍一聽，捂著胃就開始咿呀咿呀地喊疼。

「啊，傷口好痛，旁邊的肝也有點癢，完了，心臟好像也開始窒息了，怎麼回事喬喬，我可能還沒有康復呢。」

「……」

您老人家不去演戲，真是太可惜了。

周喬輕飄飄地丟了句，「你的傷口在右邊。」

陸悍驍愣了下，看著自己捂著左腹的手，怪不好意思的。

兩人對視幾秒，然後同時笑了出來。

陸悍驍不再玩鬧，恢復正常的模樣，拉著周喬的手，輕輕晃，慢慢搖，「妳要搬走也可以，妳住哪，我就跟著去哪。」

周喬伸手往他鼻尖一按，「要無賴啊？」

陸悍驍揚眉，「是在對妳撒嬌啊。」

這一百八十公分以上的大帥哥，一本正經地說自己在撒嬌，周喬被他撩得心砰砰跳，但也不能丟臉拜倒在他西裝褲之下，於是威風凜凜地在他臉上掐了一把。

「嗯，老是老了點，但皮膚還算緊致，勉強要了吧。」

陸悍驍攬著她的肩，「謝謝您了，昨晚以身相許，可還滿意？」

一提昨晚的事，周喬就低下了頭。

真是，千萬別在老流氓面前裝流氓——自取其辱。

兩人吃早餐，陸悍驍吹涼了粥，邊喝邊問：「今天有空嗎？」

「有，怎麼？」

「陪我去公司加班吧，」陸悍驍說，「有點事情沒處理完，妳陪我，晚上我們去外面吃飯。」

周喬很快答應，「好。」

順便監督他別吃老乾媽。

收拾完，兩個人出門。今天週六，道上車少，陸悍驍開得稍快。周喬拿著早報，坐在副駕駛座上念新聞給她聽。

陸悍驍聽了兩則，說：「用英文念吧，正好練練妳的口語。」

周喬不太想在這位正宗海歸面前賣弄，「我中文比較好，還是用……」

「乖，」恰遇紅燈，陸悍驍緩緩停車，「越薄弱的環節，就越要大膽說。」

周喬抿了抿唇，挑了一則稍微簡短點的。

陸悍驍一邊認真聽，骨節清晰的手指，有一下沒一下地輕敲方向盤，周喬的口語很標準，但也算不上出色。等她念完，陸悍驍側目看了早報一眼，說：「讀右邊那篇。」

陸老師嚴肅起來，不怒自威。

周同學不敢說不，於是小心翼翼地繼續念英文。

陸悍驍滑下車窗，假裝過風。

但他的眼睛，似有若無地瞄向後視鏡，盯著後方的一輛黑色車。

到公司這一路，陸悍驍幫周喬糾正了一些讀音和語法順序，兩人的相處難得的正經一次。

在停車場停好車，陸悍驍說：「妳先上去，這是我辦公室的鑰匙。」

周喬遲疑，「你不去嗎？」

「有點事，等等就來。」陸悍驍摸摸她的頭，「聽話。讓朵姐拿點火龍果給你吃。」

周喬不做多想的拿了鑰匙下車。

直到她進電梯，陸悍驍才收起笑容，目光凌厲地掃了停車場入口一眼，然後倒車，油門轟到底，對著那個方向開了過去。

察覺到他這邊的動靜，黑車手忙腳亂地就要往外面挪。

陸悍驍先它一步，直接把車甩了個尾，囂張地攔在大眾車前，堵死了它的去路。

對方的副駕駛座上，一個年輕男人正在慌張地收起攝影設備。

陸悍驍攜風夾雨地走上前，一腳踹向車門，「滾下來！」

裡頭的人戰戰兢兢，肩膀直縮。抱緊了他的相機心驚膽寒。

陸悍驍面色寒沉，轉身返回了自己的車裡。再回來時，手裡多了一根粗硬的鐵棒。

他眼神陰戾至極，走過來揮手朝著這車的擋風玻璃狠狠砸下去。

「下不下來？」

生意人對外人的防備心很重，陸悍驍這隨車帶傢伙的習慣，就是在國外念書時養成的。

黑車的擋風玻璃承受不住鐵棒的揮打，隨即裂開一條縫。

眼見陸悍驍舉起手，又要第二下時，那司機心疼了，斗膽滑下半邊車窗，在裡頭叫嚷：「你這是搞破壞，要賠錢的！」

陸悍驍眼住寒蟬，掄起鐵棒繞過車頭走向他。

司機嚇得趕緊關窗，陸悍驍眼明手快，舉起鐵棒往還未來得及關緊的車窗縫裡狠厲一伸，然後毫不猶豫地朝司機臉上戳。

他完全不是嚇唬人，那凶悍臉色，什麼事都幹得出來。

司機嚇得臉色蒼白，直往副駕躲，那根鐵棒越戳越近，終於逼得司機按下了開鎖鍵。

陸悍驍拉開車門，把人一個個拽下車。

靠，這他媽瘋子吧！

司機個頭魁梧，在地上轉了兩圈，連滾帶爬地躲去了一旁。拿相機的年輕人瘦高，完全不是陸悍驍的對手，被他拽著走了兩公尺遠，陸悍驍一腳踩向他的右臉，跟踩菸頭似的左右碾了碾。

「哎呦，哎呦，疼疼疼！」這人語調都變了音。

陸悍驍也不廢話，彎腰搶了他死死護在懷裡的相機，熟練地點開，盯著螢幕看了幾張。

他和周喬從公寓出來的身影。

他們共同上車時的一瞬間。

周喬下課回他公寓時，低頭按密碼的樣子。

接著，就是昨晚上的高難度夜間拍攝了。

隱隱透光的窗簾一角，畫質模糊失真，但熟悉的人一看就知道是他們：照片裡，陸悍驍抱著周喬，兩個人正在親暱說話。

看完之後，陸悍驍眉頭緊皺，薄唇抿成了一條鋒利的線。

他按了全部刪除。

地上的年輕忍痛心疾首，「你幹什麼？你別動我的相機！」

陸悍驍卻舉起它，高過頭頂，作勢要砸。

那年輕人眼見吃飯的傢伙就要粉身碎骨，痛苦地哀求，「求你別砸！」

陸悍驍冷聲問：「誰讓你們來的？」

年輕人起先還能嘴硬，「沒人。」

陸悍驍手一鬆，摔了一支閃光燈。

年輕人都快哭了出來，「簽了保密協議的，我、我……」

陸悍驍還舉著的手，五指微鬆，那昂貴的相機就在秒速裡呈現自由落體。

「啊啊啊！」年輕人哀嚎，相機對這行人意味著半條命。

但那相機卻在離地面兩拳頭的距離時突然停住了，只有驚無險地左搖右晃——陸悍驍的食指勾住了相機肩帶。

被這一刺激，年輕人白著一張臉，大喘氣，「是，是徐總讓我來偷拍的。」

徐晨君。

如他所料。

陸悍驍把相機丟向年輕人懷裡，「滾。」

第二十六章　君王不想要早朝

辦公室。

周喬上去的時候，朵姐驚喜，「我的天，這不是喬喬嗎？」

周喬笑臉相迎，「朵姐，好久不見。」

「真的挺久了。」朵姐驕傲地揚起下巴，「我就知道，陸總這段時間容光煥發，肯定跟妳有關。」

周喬不好意思，只笑了笑。

朵姐心知肚明，對她豎起了大拇指，然後吩咐助理，「去弄點水果上來。」

周喬說：「不用了，我先進去。」

朵姐說好，又拉住她，小聲告密，「妳要是想吃零食，陸總抽屜裡有，就是他辦公桌左邊最下面那層。」

「……」

喲呵，陸總您的愛好還挺多啊。

周喬進去他的辦公室，這是時隔大半年的第一次。

相比之前，他這裡多了幾件古董擺設，門後的機器人「陸寶寶」被一尊青玉大花瓶取代。裡頭插了梅花，也不知什麼品種，在室內還開得麗色滿枝頭。

周喬坐向他的辦公椅，視線一低，想起了朵姐說的話。

真的有滿抽屜的零食？

周喬好奇心起，拉開一條縫，好傢伙，差點滿出來。

泡椒鳳爪、無骨鴨掌、還有辣的？

周喬皺眉，再拉開了些，果然，最裡頭，四瓶老乾媽整整齊齊地排列著。

這個不老實的陸悍驍，果然偷吃女人！

胃才剛好呢，就這麼耐不住寂寞了。

周喬心一硬，索性把抽屜裡的辣椒零食全部沒收了。陸悍驍進來的時候，她正在打包。

「喬喬，住手！」陸悍驍箭步奔過來，不管不顧地往桌面上一撲，雙手大鵬展翅，把那些老乾媽結結實實護在胸口。

被擠到一旁的周喬，臉色沉了沉，「給我。」

趴著的陸悍驍側過頭，斜眼看她，「我不。」

「你給不給？」

「美少女不能做這麼令人髮指的事。」陸堅強說：「就不。」

周喬面無表情，看不出喜怒哀樂，就這麼看著他。

陸悍驍寧死不屈，頭又歪向另一邊，「哼。」

周喬：「你不給是吧？」

「保護大媽，長得帥的人責任特別重大。」陸悍驍不給不給就不給，又把頭轉回來，對周喬眨眼睛。

周喬點了點頭，很慢。

她似乎放棄了無用的爭執，悠悠走到陸悍驍的身後，手從他的後腰窩開始，跟軟蛇似的往前探，直到將男人的腰身完全摟緊。

感覺到陸悍驍在她懷裡的僵硬，感覺到他隔著胸背的心跳在加快。

周喬嘴角微彎，下巴墊著他的肩頭，聲音嬌軟，尾音上揚，「哥哥，你到底給不給我呀？」

這吳儂軟語，讓陸悍驍的耳根子差點燒起來。

他忍不住「靠！」了一聲，「妳他媽就算要老子的命，老子也給妳。」

達到目的，周喬瞬間鬆開他，一退兩步遠，站得筆直。

「……」陸悍驍傻眼了，「妳也太翻臉不認人了吧？」

周喬勾著那一袋辣食，「多謝了。」

把東西放遠了些，陸悍驍一臉不高興地杵在原地。

周喬走過來，嘆了口氣，捏住他的鼻子，「不許網購、不許偷買、不許偷吃，我已經跟朵姐說好了，以後但凡是你的包裹，必須開箱驗貨，零食一律沒收。」

「靠，朵姐叛變，年薪三十萬是我開給她的！」陸悍驍憤憤不平，「我抗議！」

周喬用掌心輕輕捂住他的嘴，「抗議？」

陸悍驍恨恨而言：「今天這麼主動，這麼乖，老子就吃妳這一套，全都依了妳，行嗎？」

周喬抿笑，扶著他的手臂稍稍借力，微踮腳尖在他唇上親了一口。

「不夠。」陸悍驍掐住她的手臂，低頭索吻，貪心不足的輕哄，「再叫一聲哥哥給我聽。」

周喬看著他，目光如淡霞，「嗯。叔叔。」

「……」陸悍驍失笑，「媽的，妳今天太囂張了。」

周喬卻飛快地湊近他耳朵，如了他的意，聞言軟語輕聲說：「陸哥哥，我很愛你喲。」

陸悍驍腦子一愣。

周喬已經脫了懷抱，走到沙發旁坐下看書了。

陸悍驍慢慢放鬆自己，靠著桌沿，負手環胸懶散地站著。

他看著周喬專心不二的側臉，笑容上了嘴角。陸悍驍沒出聲音，用嘴型說了三個字：

「我也是。」

上午時間過得快，十點的時候，陸悍驍要參加一個視訊會議。朵姐進來提醒時，陸悍驍吩咐她：「再加一個人。」

「好的陸總。」朵姐問：「是哪位？」

陸悍驍朝沙發的方向抬了抬下巴，「周喬。」

聞聲，周喬從書本裡稍微回過神，不明所以地看向他們，「嗯？」

「十點的視訊會議，妳和我一起參加。」陸悍驍闔上文件，起身，邊扣外套邊說：「這個會議是全英文匯報，妳就當提升一下聽力。」

一旁的朵姐下巴都快掉地上了。

公司跨境的子公司以及重要外商一季度一次的重要視訊會議，竟然只是給他女朋友練習英語聽力？

朵姐已然可以預見，昏君不早朝的畫面指日可待了！

這是周喬第一次正式目睹工作中的陸悍驍。

寬大安靜的會議室，布置得十分正式，通訊錄影設備規整擺放，訊號流暢。

陸悍驍坐主位，前後牆均有大螢幕，長圓形的會議桌坐著的，都是公司高層及中層幹部。

外擴音是大洋彼岸流暢的美式口音，大部分年紀稍大的中高層，還需逮著耳麥聽同聲翻譯。只有負責對外貿易的副總以及陸悍驍，全程未戴耳麥。

周喬本來是坐在靠門口不起眼的角落，並且隨大眾地也戴上翻譯耳機。但會議進行了十分鐘，耳麥裡的聲音突然暫停。

周喬後知後覺地抬頭看大家，才發現陸悍驍從主位上站起，並且朝她走來。

「……」周喬頓時緊張。

陸悍驍在眾人注目禮下，走到她身邊，一手搭著座椅靠背，一手幫她摘耳機。

「不要戴了，妳試著聽，聽懂多少算多少。」

周喬雖在美國待了大半年，但接觸的還是以華人居多，這種正式的商業專業會議，聽起來太吃力。

她小聲央求，「不戴聽不懂，說得太快了。」

陸悍驍表示理解，「那好。」

就在周喬以為如獲大赦之時，右手突然一緊，竟被陸悍驍牽了起來。

「當我是擺設？坐我旁邊，不懂的我跟妳講。」

「……」

陸總，您終於想起你是個霸道總裁啦！

於是，周喬臉紅耳赤，在所有人善意的微笑裡，被陸悍驍牽到了主位旁邊。人精朵姐，一個眼神示意，旁邊的助理便飛快將周喬的座位搬了過來。

陸悍驍安頓好周喬，才落座，說：「繼續。」

接下來的時間，陸悍驍邊聽彙報，邊給意見，更是時不時地低頭，在本子上幫周喬寫出他認為她可能聽不懂的單字，後面再寫上中文翻譯。

周喬用她全部的英語水準，還是能觀察出，陸悍驍是個張弛有度，並且能給出建設性有效意見的掌舵者。

男人認真起來，迷人得無可救藥。

周喬偶爾分心，悄悄打量他，不說話的時候，側臉沉靜，眼睫齊整，目光銳利有神。

陸悍驍正經冷淡的一面，示以眾人。

騷氣稚嫩的男人心，獨獨予她。

周喬忍不住，弧度極細地彎了下嘴角。

正專心聽彙報的陸悍驍，嚴肅不變，目不斜視，只微微低頭，在本子上寫著什麼，然後往周喬面前一推。

周喬看過去，白紙上——是用黑筆畫的一顆碩大無比的愛心。

會議進行到中午才散。

待所有人走後，陸悍驍大喇喇地往座椅上一靠，單手解開西裝釦子，然後雙手張開，吊兒郎當地朝周喬挑眉，「過來，給我抱抱。」

周喬神情可惜，心想，這會怎麼不開久點呢，畢竟衣冠禽獸的反差萌，真的很有吸引力。

陸悍驍見她不為所動，沒了耐心，乾脆拉了她一把，讓她結結實實坐在自己腿上。

「哎！」

「啊——」

兩人同時出聲。

只是陸悍驍那聲「啊」，聽起來怪不正經的。

周喬擰眉，「你叫什麼？」

陸悍驍故意動了動臀，「我叫陸悍驍啊。」

「……」

他又不要臉地說：「坐起來好舒服啊。」

「……」

喂，一一〇嗎？

不再逗她，陸悍驍笑著說：「中午我們出去吃吧？」

周喬說：「去餐廳，來回跑一趟起碼兩小時，你用這個時間睡一下午覺。」

「這位老婆，太貼心了吧。」陸悍驍說：「必須給妳獎勵。」

周喬習慣了他的胡言亂語，懶洋洋地配合問：「什麼獎勵啊？」

陸悍驍捲著她的頭髮，纏在指間玩，漫不經心道：「以後妳就知道了。對了，下午我有點事情要出，妳在我辦公室看書吧，我辦完事就過來接妳吃晚飯。」

周喬不疑有他，應了聲，「好。」

陸悍驍在下午兩點準時外出，怕周喬無聊，還特地在電腦上下載了遊戲給她。

他沒用公司的車，而是開著自己的車去了滙金路。

徐晨君沒想到兒子會主動登門，兩個平日都是能說會道的人，此刻面對面，竟一時無言。

徐晨君自然不想錯過和兒子修補關係的機會，先打破冷場，和聲問：「聽新聞說你那條路過來很塞，開車累不累？」

陸悍驍也算和氣，「沒事，我繞了路，不塞。」

徐晨君心裡鬆動幾分，起身走過來，「那你想喝點什麼？綠茶可以嗎？」

「不用了，我不喝茶。」陸悍驍說：「我上個月做了個手術，還在恢復期，喝茶傷胃。」

徐晨君心驚肉跳，不可置信地將他全身上下打量了一番：「手術？悍驍，你、你怎麼了？」

「胃裡長了息肉，切除了。」

徐晨君知道兒子胃不好，但沒想到會到手術的程度，她緊張極了，「醫生怎麼說？痊癒了嗎？孩子，你真是，唉！為什麼不告訴家裡？」

陸悍驍抬手打斷她，「我很好，是周喬一直在照顧我。」

他坦然直接地拋出這個名字。

果然，徐晨君當即冷下臉，半晌，帶刺地說：「呵，她還跟你在一起？年紀輕輕，本事挺大啊。」

「是我死皮賴臉，重新把人追了回來。」陸悍驍眼神不躲不藏，「她為了和我澈底斷掉，申請去國外實習，一走就是大半年。後來我和清禾一起去美國，巧遇碰見了。」

陸悍驍簡單清晰地把事情經過講述了一遍，頓了下，對徐晨君道：「我知道您不信，就像當時，我向妳解釋過，周喬並沒有對我抱怨過妳任何事。我還是那句話，雖然妳固執己見、先入為主的不相信，但我的態度一定要表明。」

陸悍驍給徐晨君預留了消化接受的時間，然後繼續。

「我和周喬已經和好了，這女孩，我追得太辛苦，得到的太不容易。您不要認為，我們家有點錢、有點權，就能站在至高點去對別人挑三揀四。用一些……」陸悍驍眉頭皺了皺，「一些聽起來啼笑皆非的理由，對一個人全盤否定。媽，不是這樣子的。」

「周喬和我在一起，受的全是委屈。我給的，你們給的，還有她那個笑話家庭，媽，除去年齡，您是長輩，但同為女人，您就不可憐這女孩嗎？」

徐晨君本還鬥志昂揚的旗幟，落下去了一半。

陸悍驍顯然是有備而來，他緩了口氣，把剩下的話一股腦地說完。

「媽，我永遠是妳兒子，但不代表我一定要對您的任何意見保持贊同。有些話我說了很多次，今天，是最後一次。您贊同，那我會和周喬一起孝敬您。您反對，周喬這個女孩，我一定要娶的。當然，我會顧慮你們的感受，結婚後搬出去，兩看不生厭，逢年過節的過場，也能免則免了。」

陸悍驍語氣平靜，說完後，他從帶來的手提包裡，拿出一疊資料，往徐晨君的辦公桌上輕輕放。

「這些地方，我奶奶應該很清楚，都是些國內比較有名氣的寺院。」

徐晨君猛然抬起頭，「你要幹什麼？」

陸悍驍說：「沒什麼，就是給您提個醒，別再跟拍周喬，也最好打消傷害她的念頭。周喬如果沒了——嗯，陸家也就斷後了。我不會死，但我能當和尚，為她念一輩子的經。」

徐晨君臉色煞白，一口血差點沒湧出來，「悍驍，你在威脅我？」

「對啊。」陸悍驍承認得坦然大方，點頭說：「我就是在威脅妳。」

他低頭，又從包裡拿出了更多的東西。

徐晨君看清楚了，規整四方的，最上面的是房產證明。

陸悍驍依次攤開在桌面上，「這是我的七間房產證明，還有名下的私車，以及公司的投資分紅明細和合約。」

徐晨君駭然，隱隱猜測到了什麼。

陸悍驍拿起一本，在手上晃了晃，「我已經把周喬的名字全部添加上來了。以後，有三口飯，周喬吃兩口，我吃一口。我大富，她就跟著大貴。我窮死，嗯，她也跟著當個窮鬼的老婆吧。」

陸悍驍彎了彎嘴角，「總之一句話，這女孩往後的人生，就跟老子姓陸！」

陸悍驍這種賭上全部身家性命，置之死地的攤牌方法，逼得徐晨俊退無可退。

他不需要母親認可，也不強逼任何人接受。

陸悍驍甩出了自己的立場，他看著徐晨君，語調緩慢地說：「從小到大，我要的東西，哪一樣沒有要到手？這一次，也不例外。」

徐晨君的手按住桌角，勢均力敵的任何一方都不願意俯首認輸。

她說：「你太草率了，這種虧你沒吃過。但凡周喬有點心思，都能捲了你大半財產不勞而獲。你自己也是生意人，這種笑話，看得還少嗎？」

陸悍驍卻笑了起來，「您就這麼不相信您兒子的看人眼光？」

徐晨君欲言又止。

陸悍驍拿起一本房產證明敲了敲，無比肯定地撂話，「周喬不會讓我輸。」

徐晨君「啪」的一聲拍向桌子，「你走。」

陸悍驍點點頭，「看來是談不攏了。好，媽，妳保重身體。」

他邁步，即將出門，徐晨君喊道：「你奶奶身體不好，你是不是想氣死她？」

陸悍驍側身，語氣很平靜，「她是喜歡周喬的。如果不是您半哄半逼，奶奶一定站在我這一邊。既然說到奶奶，我也勸您一句，別拿她當擋箭牌，她快八十了，不容易。」

徐晨君滿身鬥志昂揚的戾氣，瞬間偃旗息鼓。

這一次，陸悍驍走得頭也不回。

他到了地下停車場，沒有馬上上車，而是倚著車門，慢悠悠地抽了根菸。換做別人，但凡有點不堅定的心思，肯定在這種複雜家庭相處裡左右為難。

但陸悍驍全無焦頭爛額的矛盾感，自他想清楚那一刻起，就再也沒有什麼能阻擋了。什麼鬼婆媳矛盾，只要男人強硬一點，根本不會有囉嗦事。

陸悍驍想，去他媽的亂七八糟，老子日天日地帥翻！

不到四點，他就返回了公司。

進辦公室時，就聽見藍牙小音箱裡發出「轟隆隆」的炸彈配音——周喬還在沉迷打撲克牌。

陸悍驍皺眉，邊走近邊說：「妳一直沒停過？眼睛不需要休息嗎？」

他走到周喬身後，一手搭著椅背，一手撐著桌面，將人半困在懷裡，看了看螢幕，陸悍驍眉頭更深，「這不是陳清禾嗎？」

「是陳哥。」周喬全神貫注，配合夥伴出對子，「陳哥打牌好厲害。」

這事戳到了陸悍驍的痛處，他樣樣拿手，就是牌技羞澀。於是陰陽怪氣地說：「那下次讓他來家裡吃飯啊。」

周喬正有此意，「好啊！和他配合，真的好舒服。」

陸悍驍捏著她的下巴，輕輕掰正她的臉，視線相對，他滿臉不高興，「我還沒讓妳舒服夠嗎？」

周喬反應過來，「……」

陸悍驍笑了笑，「妳很懂嘛，少女。」

周喬躲開他的手，「你好好說話的模樣，真的，在我心裡，跟吳彥祖的顏值有得一拚。但你胡說八道的時候。」

周喬滑動滑鼠，點開網拍，「很想把你掛上網站，二手價出售。」

陸悍驍笑得眼角揚起淺淺的褶皺，「妳說得沒錯。」他傾身湊近，壓低聲音，「不就是被妳周喬用過的二手貨嗎？」
周喬抿唇，食指戳向他的側腰，陸悍驍是怕癢的人，反應劇烈，一陣猛笑。
「癢死我了，哎呦喂，哈哈哈。」
「……」周喬冷冷道：「我還沒碰到你呢。」
陸悍驍還他媽在笑，「不行了不行了，妳一做這動作架勢，我就想笑！」
周喬無語片刻，「那我！」
說了兩個字，她反應迅速，把後面的話咽了下去。
陸悍驍看穿她的心思，挑眉說：「是想說，那妳舔我的時候，為什麼我不怕癢，對嗎？」
周喬認輸，沒想到他能夠如此恬不知恥地說出口。
陸悍驍哈哈大笑，笑夠了，對她說：「有什麼不好意思的，只是我的那……又不是那……」
「%￥#@！￥%」
什麼那跟那的。
陸悍驍笑得不行，故意逗她，「要不然，晚上妳試試看？看我怕不怕癢。」
周喬紅著臉，大聲：「我才不舔你腋窩！」
與此同時，有人敲門，兩聲之後，秦副總慣例地自行推門而入。

鼻梁高挺，架著一副無框眼鏡的年輕男性，迫不得已地聽到了周喬說的這句話。

場面一度十分冷漠。

周喬尷尬得想撓癢自盡。

陸悍驍憋著笑，對秦副總抬手示意了一下，對方便默契地先出去了。

陸悍驍點了點周喬的太陽穴，「喲喲喲，還當起縮頭烏龜了。」

「烏龜喬」一臉冷漠，「叔叔您哪位，我不認識你。」

「我哪位？」陸悍驍瞇起雙眼，掐著她的細腰，「昨天晚上，騎在我身上，哭著喊哥哥……就不記得了？」

周喬臉紅燥熱，心跳兩百五，但又不能老是被流氓欺負，於是，她豁出去了，硬起聲音說：「哦，我想起來了，你就是昨晚上，一直嗯嗯啊啊在我下面亂叫，讓我別動那麼快的人啊！」

陸悍驍一愣，薄唇緊閉，俊臉顯而易見的變了色。

周喬更不怕了，挑釁地看著他，「怎麼，敢說不敢承認，還好意思臉紅了？」

「媽的。」陸悍驍哭笑不得，低罵了一嗓，「現在沒人能治妳了是嗎？」

周喬搶先一步，氣勢比他更像樣，大聲道：「不服憋著！」

「哇靠。」陸悍驍雙手舉高，懶洋洋的似笑非笑，「愛妃此言，深得朕心，白天肯定憋著，晚上，再讓巨龍戲水，如此可好？」
文言文聽了想自殺。
周喬還是敗下陣來，悶聲不出聲。
陸悍驍和她臉挨著臉，壓低聲音，似威脅，「今晚，妳給老子含好點，嗯？」
周喬雙目眩暈，扣緊桌角，真的很想上網問問——男朋友是個大流氓怎麼辦，線上等！
調情結束，陸悍驍神清氣爽地又去開會了。周喬還真的打開網頁，搜了這個問題。
答案有分兩種情況。
『如果男友長得普通，果斷分手，如果是個大帥哥，嗯，當然是他高興就好。』
周喬看完後，特別憤恨。一點也不真誠，怎麼評上最佳答案的？
不過仔細想想，陸悍驍長相真沒話說。非要挑點骨頭，大概就是……腿毛比較多吧。
周喬想著想著，用書掩著嘴，忍不住笑了起來。
桌上的手機響，才收住周喬的笑，她拿起一看，是齊果傳來的訊息。
『喬喬，晚上七點半，溫莎KTV準時見哦！』
都是同門學長姐，齊果他們老早就說要幫周喬接風洗塵，但後來陸悍驍做手術，這事就一直延期了，這段時間總算得空，幾人便約在今天。
這時，陸悍驍開完會回來。身邊跟著朵姐，他邊簽名邊交待著什麼，等弄完，他對周喬說，「晚上陳清禾請吃飯。」

周喬說：「我可能去不了。」

陸悍驍：「嗯？」

周喬：「齊果他們說是慶祝我回國，請我吃飯唱歌呢。」

陸悍驍「哦」了聲，面無異色地將手上的文件放在桌上，「妳想去嗎？」

周喬點點頭，「他們平時挺照顧我，我早就想請他們吃飯了。」

陸悍驍半開玩笑地問：「帶不帶我去？」

周喬說：「我們聚會的地方不是什麼高檔餐廳。」

學生嘛，圖個實惠熱鬧，不像生意人，樣樣講究。

陸悍驍欲言又止，然後笑了笑，「我這色相帶出去，不會給妳丟人吧？」

周喬手肘撐桌，食指搭著下巴，認真地上下打量了他一番，「還行，就是老了點。」

陸悍驍：「……」

兩人協商好，各自赴約。

這裡離周喬聚會的KTV很近，陸悍驍把人先送過去，才去陳清禾那。

進包廂，這群畜生又在打牌。

陳清禾叼著朝天椒，眼眶辣出了血一樣，鼻涕眼淚直流，「順子，要不要啊嗚嗚嗚讓我過點牌吧。」

陸悍驍走過去，「喲呵，禾禾小王子，辣椒吃得爽不爽啊？」

陳清禾斯哈斯哈地直吸氣，一盤辣椒甩給他，「陰陽怪氣，抓起來坐二十年牢！」

陸悍驍手指一點，「打這張。」

陳清禾可能是被辣椒辣傻了，又見陸悍驍胸有成竹的模樣，還真信了他的邪，風風火火的地照做。

結果被對家接了個正著，借著他的出牌，順風順水地一次性打完。

陳清禾又輸了。

「我日你菊花！陸悍驍！」

陸悍驍挑眉，和他的對家默契地擊掌，「Yes！」

日常玩弄陳清禾之後，他才坐下來，叼了根雪茄，邊看牌邊問：「唱歌的地方選好了嗎？」

「老地方，樓上皇冠包廂。」一人答。

「換個地方吧。」陸悍驍彈彈菸灰，輕吐雲霧，「附近不是有家溫莎，就去那吧。」

陳清禾說：「那地方很普通啊，沒什麼特色，沒有驍兒喜歡的黑絲襪兔女郎，萬萬不可行。」

陸悍驍拿菸頭往他手臂上一燙，「我喜歡你這種魁梧的兔八哥，今天穿內褲了嗎？」

陳清禾吃痛地皺了皺眉，然後沒事人一樣地說：「穿了。」

陸悍驍直接下令，「那就去死。」

陳清禾又改口，「沒穿。」

陸悍驍呵聲冷笑，「那就自殺。」

陳清禾腦瓜子轉得快，「突然改地方去那，是不是周喬在？」

被說中心事，陸悍驍夾菸的手指一頓，瞥他眼，「你這麼聰明，保送你上藍翔職業學院，OK？」

陳清禾欣然，「我覺得完全O他媽K啊！」

「……」陸悍驍按熄菸頭，「走吧。」

齊果他們弄了個大包廂，除了實驗室幾個人，她還叫上了幾個別的系的同學。有男有女，其中一個周喬熟悉的很，是她大學校友兼老鄉，傅澤零。

溫莎。

「來來來，慶祝喬喬回來，補上這杯遲了好久的慶功酒。」齊果是個開朗的女生，三兩下就調動起了氣氛。

十幾個同齡人圍在一起，熱鬧至極。

周喬真誠道謝，很夠義氣地一口喝光，空杯往下一扣，「我先乾為敬，大家隨意。」叫好起鬨聲頓起，男生們個個緊跟其後，都把杯裡的酒喝完。再後來，大家嚎歌、猜拳、扔骰子，玩得歡聲笑語不亦樂乎。

周喬今天是主角，被灌了好幾圈啤酒，已經有點暈了。剛從齊果他們那脫身，還沒坐上沙發，就被傅澤零紳士地扶住，「妳沒事吧？」

周喬晃晃手，「還好。」

「喝杯水。」傅澤零遞來一瓶水，還幫她擰鬆了瓶蓋。

周喬接過喝了兩口，她仰起脖頸，側臉被燈光一襯，柔美沉靜。

傅澤零跟她說著什麼，周喬一時間沒聽清楚，「啊？」

他剛準備重複，也不知是誰放了首超嗨的舞曲，包廂頓時響炸。

傅澤零神情有點惱，定了決心，「周喬出來一下啊，我有話跟妳說。」

周喬點點頭，拿著礦泉水跟了出去。

走廊上聲音稍小，周喬不疑有他，邊喝水邊問：「什麼事啊？」

傅澤零和她算是老熟人，大學時也對周喬照顧有加，那點心思顯山露水，好不容易又在同一個學校了，但周喬身邊有了一個陸悍驍。

這三人見過面，傅澤零清楚得很，她那位男朋友，可不是什麼省油的燈。

本來少男心都快死心了，傅澤零又聽說，他們分手了。

蠢蠢欲動的心，星星之火簡直可以燎原。

傅澤零看著周喬，深吸一口氣，「小喬，妳對我的印象怎麼樣？」

而彼時的同樓層，另一間包廂裡。

陳清禾和陸悍驍正準備到外面抽根菸透透氣。

「我們來得晚，只剩一個中包廂了，幾個大老爺們擠裡面，畏手畏腳的，也太小了。」陳清禾手搭著門板扶手，擰開，先踏出包廂。

陸悍驍走在他後面，呵聲一笑，「怎麼小了？難不成你還要在這裡練武術？」

「靠，驍兒，我愛死你這明察秋毫、洞悉世事的明亮雙眼了。」陳清禾貧起嘴來也不正經，「眼睛這麼大，摳兩粒眼珠子下來給我玩玩唄。」

「玩你兩個蛋行嗎？」陸悍驍叼著菸，伸手摸火柴。

陳清禾走了幾步，突然返回來，攔截住陸悍驍就要回包廂，「我的天，前面非禮勿視，驍兒，走走走。」

「神經病。」陸悍驍躲開他的手，抬起頭，順著前邊看過去，頓時愣住。

四五公尺之遠，靠近走廊盡頭，那柔軟身影不正是周喬嗎？

很快，陸悍驍也認出了她對面的人。

喲，傅學長啊。

「完了完了。」陳清禾一看陸悍驍的臉色，大叫不妙，這哥們怕是要出拳頭了。

而那邊的周喬，敏感作祟，下意識轉頭。

她臉上的詫異不比陸悍驍少。

四目相對，兩人誰都沒有先挪眼。

傅澤零反應滯後，還沉浸在自己創造的良好告白氣氛裡。

「喬喬，其實我從大二起，就對妳有好感了，隨著我們的相處越來越多，我覺得妳真的是一個特別可愛的女生。其實我……」

傅澤零聲音抖了抖，本能地減小了音量，「……蠻喜歡妳的。」

周喬全部的注意力都在陸悍驍身上，她皺了皺眉，賞了個迷茫的眼神給他，「嗯？你說什麼？我沒聽清楚。」

「他說他喜歡妳。」陸悍驍聲音懶洋洋的，走了過來。

周喬被噎住，傅澤零畢竟年輕，臉漲的通紅。

陸悍驍越走越近，周喬下意識地要解釋，「你聽我說……」

「噓。」陸悍驍卻對她輕輕搖頭，然後自然而然地攬住她的肩，強硬地將人摟在懷裡。

他目光淡，睥向傅澤零，竟十分客氣地說：「謝謝你欣賞我女朋友，同為男人，我也十分欣賞你看女人的眼光。」

周喬驚異地看向他。

陸悍驍唇角笑意溫淡，繼續說：「但是，我和周喬感情很好，好到什麼程度呢？」

他故作停頓，佯裝深思，再抬頭時目光更加自信。

陸悍驍朝傅澤零伸出手——

「期待你在不久之後，來參加我們的婚禮。」

周喬的一顆心，就這麼萬丈高樓平地起。

就連一旁看戲的陳清禾，也忍不住偷偷對他豎起大拇指。

陸悍驍不再似從前，偏執幼稚，一根筋地自以為是。而是冷靜得體，坦然地處理感情路上的磕磕碰碰。

這個男人的改變，如此顯而易見。

周喬低下頭，忍不住眼眶微紅。

像是心有靈犀，感覺到懷裡女人的細微觸動，陸悍驍無聲將她的肩頭摟得更緊。

他向前一步，甚至可以說是護犢心切。

傅澤零的氣勢不堪一擊，明明沒有狠言厲色，卻更讓人羞愧難堪。

陸悍驍英俊的側臉，寫著風輕雲淡的自信。這璀璨明亮的走廊，竟像柔光濾鏡特效，把陸悍驍生生襯托出「立如芝蘭玉樹，笑若朗月入懷」的感覺。

「傅學長，」陸悍驍微微頷首，「我不覺得我們之間要用『情敵』來定義。」

他握著傅澤零的手，順力靠近，在他耳邊撂話，「因為在我心裡，你還不夠格。」

彷彿一個玻璃罩，將兩人隔離出一個狹小的空間。

風平浪靜之下，是陸悍驍內斂洶湧的威脅。

傅澤零落荒而逃。

陳清禾忍不住拍手叫好，「天啊，悍驍你竟然有不用拳頭解決事情的時候！」

陸悍驍賞了他一個字──「滾。」

陳清禾滾蛋後。

陸悍驍轉過身，心平靜氣地看著周喬，「你們包廂的費用，已經全部掛在我帳上。」

他看出周喬的凝重，於是輕聲笑語，伸出食指在她額頭中間輕輕一點，「那麼，這位同學，是不是該邀請金主進去喝一杯，順便讓我宣告一下所有權呢？」

周喬臉頰燒熱，揚起了笑容。

陸悍驍換了個姿勢，用身體頂了頂她的柔軟，低垂眉眼，聲音更低：「別以為我不知道，妳下午在我辦公室裡上網，不管哪個瀏覽器都搜索同一個問題的答案。」

周喬負隅頑抗，佯裝冷靜，「不知道你說什麼。」

「自己做過的事不承認？嗯？」陸悍驍笑意不減，竟用標準的主播腔，字正腔圓地把問題念了出來——「妳問，為什麼我男朋友……欲望這麼強？」

周喬：「……」

陸悍驍沉沉笑道，熱氣縈繞，「那是因為……我毛多啊。」

周喬聽著陸悍驍輕鬆愜意的玩笑話，久久不吭聲。等他說完，才問：「進去嗎？」

陸悍驍挑眉，「進哪？」

周喬忍俊不禁，攀著他的手臂踮腳輕聲，「你想進哪？」

陸悍驍耳根子顫慄，有點驚喜，「妳最近進步很大啊。」

周喬挽起他的手，「走吧。」

陸悍驍制止住，「別有壓力，我說說而已。都是妳同學，熟的人才玩得開。我不過去了，小孩都怕我。」

周喬側頭看著他，「你長得不嚇人。」

「那是我對妳好。」陸悍驍攬著她往前走，「我就在旁邊的包廂，妳玩妳的，同學想吃什麼隨便點，不用替我省錢。」

他抬手看了看時間，「妳想喝酒也行，難得出來玩，盡興點。等一下回我那就是。」

周喬飛快地在他右臉親了一口，「謝謝陸叔叔，陸叔叔再見！」

陸悍驍望著她歡快奔遠的背影，低笑一聲，「找死呢。」

玩得嗨，周喬那邊零點才散場，兩人到家收拾完，都過了一點。

周喬今天喝了不少啤酒，借此發揮，膽子都大了些，洗完澡後，光著身子直接走出來，從後面抱住正坐在電腦前玩撲克牌的陸悍驍。

女孩的身體柔軟又清香，周喬軟噠噠地蹭著他的臉頰，「你在玩什麼？」

陸悍驍回頭一看，差點流鼻血。

「和陳清禾打牌呢。」

周喬掰正他的臉，「牌有我好看嗎？」

陸悍驍眼睛淡定地瞄了瞄，著了火似的，「牌我能玩一晚上，而妳身上隨便挑一樣，老子能玩一年。」

被暖黃燈光一映襯，周喬微笑的樣子，眼神能掐出水來。

她手繞到陸悍驍的後腦勺，按著他的頭往自己懷裡。

陸悍驍措手不及，吃了滿嘴的溫柔。

周喬極低地輕輕笑出了聲，聽得陸悍驍想自殺。

周喬不適地皺了皺眉，然後勇敢地摟住他的脖頸，皮膚泛起了淡淡的粉。

「大灰狼……你吃不吃小白兔呀？」

陸悍驍這下子真的繳械了，「誰不吃誰是灰太狼！」

而電腦那頭的陳清禾，一個人單槍匹馬，憑藉一己之力，即將取得勝利的時候，他的搭檔「陸農民」突然消失了。

『死哪去了？』

『出對子啊，我有大王能收回來，快頂牌！』

『靠！你掉線了？沒錢交網路費是吧？』

『我日你媽陸悍驍。』

留言罵人不太爽，陳清禾又開始傳視訊聊天申請，滴滴滴響個不停。

螢幕前，已經上下起伏很久的人，伸手直接按掉電源。

周喬依偎在他懷裡，腳丫子情不自禁地鬆了又緊。陸悍驍抱著她，也已然是滿頭大汗。

酒真是個好東西，周喬膽子都大了，這一次極其配合主動，摟著陸悍驍的脖頸，乖到不行。

陸悍驍經不住，完事也特別快。

從開始到結束，大概也就十五分鐘吧。

「老子下次一定要拿膠帶封住妳的嘴。」陸悍驍憋屈地掐了把周喬的臉蛋，「媽的，丟死人了。」

周喬被掐得直躲，氣息未平，滿足說：「我覺得這樣剛剛好。」

陸悍驍明白過來，「妳故意的？」

周喬唔了一聲，頭墊著他肩頭，闔眼，疲倦地說：「明早我想吃豆漿油條。」

「妳別轉移話題，妳從哪裡學到的這種壞招數？」半天沒有回音，陸悍驍側頭，才發現他的女孩竟然睡著了。

「……」陸悍驍抱起她，赤腳往床邊走，「拿妳越來越沒輒了。」

他把人輕輕放到床上，被單剛蓋好，周喬突然睜開眼睛，摟著他的脖頸，輕聲笑道：「知道就好。」

陸悍驍氣歸氣，但畢竟不是言情小說裡的一夜七次郎男主角，何況明天一大早還有視訊會議要開。於是，陸悍驍凶巴巴地把周喬裹進懷裡。

「再他媽鬧，老子給妳表演自殺！睡覺！」

第二天，周喬十點才有課，但身邊的人一動，她也沒了睡意，索性跟著一起起床。

陸悍驍從衣櫃裡挑了件白襯衫，兩條腿還光著，他邊扣釦子邊說：「喬喬，妳抽空去考個駕照，有熟人，我來安排。學會開車去哪也方便。」

周喬綁著頭髮，驚奇道：「你朋友真多啊，還有開駕訓班的？」

「嗯，一個竹馬，關係好得很。」陸悍驍扣好最後一顆鈕釦，才轉過身看著她，「下次帶妳去藍灣別墅那套房子，我的車都在那邊車庫，喜歡哪輛就拿去開。」

周喬歪頭，笑著問他：「有比亞迪嗎？」

「比亞迪沒有，布加迪倒是有一輛。」陸悍驍也笑了起來。

「你有多少輛車？」

「十多輛。」陸悍驍沒細算，「大概吧。」

「……」周喬問：「買那麼多幹什麼？難道你還有朋友是賣車的，能給你打折？」

「能啊。」陸悍驍說得一本正經，「ＢＭＷ五十塊錢的優惠券。」

「……」

您怎麼不上天呢。

陸悍驍自己笑得要死，彎腰摸了把周喬的臉蛋，「我的喬妹妹怎麼這麼好哄呢。」

周喬嫌棄地躲開，「別蹭我，你剛摸過內褲的。」

陸悍驍嘖了一聲，「那褲襠卡住了，我總要把它塞進去吧。」

周喬扔他一腦袋的枕頭，「這麼大聲音，要不要給你一個喇叭啊？」

陸悍驍輕飄飄的，「可以啊，一喇二用，白天我用，晚上妳用。不是我說，到了晚上啊，喬喬妳那個叫聲啊，可以說是世界級高音水準了，非常 Good！」

周喬聽後，沉默無言地左顧右看，然後走到床頭櫃前，拉開了最低那層的抽屜。

抽屜很滿，亂七八糟的情趣用具都快跳出來。

這人什麼時候藏的！

周喬望著那些沒拆包裝的大尺度東西，差點暈厥。

陸悍驍捧著心臟，佯裝害怕地往後退，「天啊，妳想對我幹什麼？年紀輕輕，漂漂亮亮的女孩，怎麼能夠如此飢渴，光天化日之下，難道我就要失去我的身體了嗎？不、不、不！」

他演完戲，又一個健步飆了過來，往床上躺成「大」字，「妳還有十五分鐘時間，為所欲為一點，用力一點，好嗎？」

周喬被他瞬間逗樂，走過去沒好氣地踹他一腳，「我明明記得抽屜裡放了把水果刀的。」

剛才是想借刀殺人。

陸悍驍：「現在用刀殺人都過時了，用那個，」他指著抽屜裡的跳蛋，「可以遠端控制，給妳一個讓我死去活來的機會。」

等等，這話是不是說反了。

周喬現在很機靈，才不上這個辣雞的語言陷阱的當。

她把他從床上拉起來，催促道：「快去上班！」

時間也差不多了，陸悍驍沒繼續撩騷，收拾好後，提著包與周喬一起出門。

「晚上有個合作方過來，我有飯局，十點前能回來。」在車上，陸悍驍告訴她。

周喬不放心地叮囑：「不要喝酒，不許吃辣。」

「行。」陸悍驍滿口答應，又說：「妳晚上可以在圖書館待著，我應酬完順路來接妳。」

到了學校，周喬下車，對他擺擺手，「嗯，慢點開。」

陸悍驍隔空撅了個親吻給她，「走了。」

兩個人的相處，越發自然和諧。過日子不在乎你有多少錢，是否大富大貴，只要身邊有陪伴，有彼此，就是最好的小歡喜。

周喬看著車輛駛遠轉彎，才轉身走向校門。

李教授昨日出差歸來，實驗室的事又開始變多，周喬做資料分析一上午，連午飯都是打包上來吃的。直到下午三點，分析報告才完成了初稿。

想著晚上空閒，周喬正準備請齊果一起去吃火鍋。她的手機就先響了起來。

周喬拿起一看，是金小玉來電。

她遲疑了兩秒，然後走到走廊上接電話，「媽？」

第二十七章　我想跟你求婚

金小玉把見面的地方選在一家頗高檔的咖啡館。

周喬聽到這個地名的時候，總覺得耳熟，坐計程車過去，路過一處地標才反應過來，這就是陸悍驍公司附近。

路上有點塞車，她趕過去的時候氣喘吁吁。

金小玉坐在座位上，站起來對她笑著招手，「喬喬，這裡。」

近一年不見，金小玉變時髦了許多，弄了個空氣捲瀏海，還挑染了淡紫色，起身時，荷葉領的連衣裙垂落順滑。

周喬走到一半，腳步就放慢了。

她看到裡面的位子，還坐了一個人。很年輕的男性，才剛入夏，他只穿一件無袖衫，肌肉噴張的手臂握著一杯飲料，飲料裡還加了冰塊。

金小玉的臉色不自然了那麼一秒，很快調節好，熱情地指著對座，「喬喬，坐啊。」

那男人的視線黏著她，周喬敷衍地笑了一下，然後坐下去。

「喝點什麼？柳橙汁好嗎？妳最愛喝柳橙汁的。」金小玉遞過餐牌，「再來點甜食？」

周喬說：「不用了，我從來不喝酸的東西。」

金小玉臉色又不自然起來，越過桌子的手，收放都不是。

周喬打破僵硬，「我喝咖啡吧，多加點糖。」

金小玉如釋重負。等服務生將餐點上齊，一桌三人又陷入了沉默。

周喬捏著瓷勺，慢悠悠地攪著咖啡。

金小玉找話題聊，「喬喬，最近過得怎麼樣？媽媽上週從杭州回來，帶了點當地特色糕點給妳，等一下妳拿回去嚐嚐。」

周喬點點頭，「好。」

「讀書呢？讀書還好吧？不要太辛苦啊，這個季節要多喝點菊花茶。」

「好。」

周喬不鹹不淡的態度，讓金小玉不再好意思尬聊。

她旁邊的年輕男人，用手肘碰了碰她，下巴往周喬的方向動了動。金小玉眉頭微蹙，略有不耐。

周喬抬起頭，眼神直勾勾地落向那個男人。

太過犀利和直接，對方下意識地躲了躲，假意看窗外。

金小玉呵呵笑，終於做起了介紹，「喬喬，這位是阿 Ben，是一位健身教練，那家店悍驍應該熟悉的，就是懷利路上那家連鎖的。」

周喬說：「他常去的健身館就在樓下。」

金小玉「哦」了聲，「那我記錯了。對了，悍驍呢？要不要讓他一起出來喝點東西？工作壓力大，也要注意身體啊。」

周喬截斷她的兜圈，直捷了當地問出口，「媽媽，妳想跟我說什麼？」

金小玉被她的目光逮了個正著，心虛也好，畏懼也罷，總之不敢和女兒對視。

半晌，她才一鼓作氣，都說了出來。

「現在打工不容易，尤其做健身這一行，錢賺多少都是其次，主要是，給別人做事沒什麼前途。阿Ben呢，特別有才華，特別有本事，他想在這附近弄個店面。」

周喬聽得很認真，點點頭，「挺好啊，自己當老闆。」

金小玉笑了笑，「店面我們已經租好了，設備什麼的下週也能到齊，阿Ben想下個月開張。」

周喬很安靜，盯著咖啡杯，攪動瓷勺的動作愈發緩慢。

金小玉暗暗呼吸，握住周喬的手。

「喬喬，悍驍在這個城市，是個有頭有臉的人物，認識的人肯定很多。」她頓了頓，才說：「妳可不可以，跟悍驍說說，讓他幫忙打點一下，就一句話的事。」

周喬聲音平靜，「怎麼打點？」

「讓他的朋友啊、公司員工啊，多照顧一下阿Ben的店。」

周喬默了默，點了下頭。

金小玉被她這個動作，拂去了大半的緊張，剛鬆口氣。

周喬就問：「媽，妳和他是什麼關係？」

金小玉啞然，下意識和旁邊的男人面面相覷。

周喬很冷靜，退了一步，問：「有關係，還是沒關係？」

金小玉目光左右移晃，含糊地說了一個字，「嗯。」

周喬什麼都明白了。

這個叫阿 Ben 的男人，看起來不過二十六、七歲，滿身肌肉，自周喬進來，他的目光就一直不敢正面看她。

周喬沉默了太久，這男人耐不住了，用手肘在桌下推金小玉，壓著聲音急不可耐，「快點啊。」

「嘖！」金小玉隱隱地掙著，面色不佳。

周喬緩緩低下頭，瓷勺往桌面上一放，很輕。

一切都很尋常平靜，她本來就是個看起來毫無攻擊性的女孩。

而就在下一秒，周喬端起幾乎一口未動的咖啡，全部潑向對面的男人。

「啊啊！」粗獷氣憤的叫嚷聲響徹咖啡館。

阿 Ben 站起身，抖著自己邋遢的褲子，「妳幹什麼！」

金小玉始料未及，連抽數張面紙低頭幫自己的小男友擦汗漬。邊擦邊對周喬提聲，「喬喬！妳怎麼可以這麼沒禮貌！」

周喬卻伸手越過桌面，狠狠扯住阿Ben的衣領，也不知她哪裡突然爆發出的力氣，牛高馬大的男人，被她扯得腳步踉蹌。

周喬目光銳利，再無平日的溫和，「你要當小白臉，愛找誰找誰。」最後一句，她情緒崩潰，聲嘶力竭，「就是不能騙我媽！」

這一聲叫嚷，讓別的顧客全都看了過來，還有人在竊竊議論。

金小玉愣了愣，嘴唇上下微動，「……喬、喬喬。」

「不許喊我！」周喬再看向母親時，眼淚滂沱，情緒無法控制，「我不反對您再找新的歸宿，但是媽媽，妳可不可以、可不可以擦亮眼睛，不要找一個人品這麼差勁的！」

說完，她不顧金小玉的大聲呼喊，轉身就往外跑。

椅子磕碰倒地，桌子也發出尖銳的碰撞聲，周喬被摺倒在地，結結實實地倒在地上。

金小玉駭然，本能地要來扶，周喬咬牙，硬是自己又站了起來。

她心情平復了一些，抹了把眼淚，聲音雖哽咽，但態度十分強硬。

「媽，妳生病了、破產了，我都不會見死不救。但是這個男人的事情，我絕對不會向陸悍驍開口一個字！他的錢也是辛苦賺來的，也是拚命應酬堆積起來的，他不欠我什麼，我也沒權利讓他幹任何事。媽媽，我是妳女兒，不是辦事的工具。我不是，陸悍驍更不是。」

說完之後，周喬又掃了縮在角落、憤憤不平的阿 Ben 一眼。

「你敢騙我媽，我殺了你！」

說完，她忍著手臂上的劇痛，一瘸一拐地走出了大門。

雞飛狗跳的插曲之後，咖啡館又恢復了平靜。

二樓，倚著歐式欄杆的某道人影，保養得宜的雙手端著咖啡，把方才發生的一幕，看了全程。

祕書久不見人，於是出來提醒，「徐總，請問還要加點什麼嗎？」

徐晨君頷首，「不用了，走吧。」

周喬這一跤摔得不輕，位置也沒摔好，堅持了一小時回到公寓，就再也忍不了了。

她撩起衣袖，看著腫脹老高的骨頭，邊哭邊打電話給陸悍驍。

接通的時候，陸悍驍正與合作客戶在飯局上談笑風生。

他拿出一根菸，叼著放嘴裡，旁邊的副總自然而然地為他點菸。

陸悍驍聲音染著笑：「喬喬？」

聽到熟悉的聲音，周喬崩潰大哭，就任性這一次吧，她放下所有堅強，脆弱極了，『你在哪裡？我想見你。』

陸悍驍臉色沉下去，「怎麼了？」

『我想見你！』周喬哭聲更大了。

陸悍驍拉開座位，快步往外跑，「說地方，不許亂動，等著我！」

幾分鐘時間，他就開車上了路，抄著近路飆回了公寓。

陸悍驍幾乎是把門撞開的，門一開，他就看到坐在沙發上，一臉淚水的周喬。

「靠！」陸悍驍低罵一聲，快步走過去，「是不是被人欺負了？」

周喬用沒受傷的那隻手，死死摟住他的腰，除了搖頭，一個字也說不出。

陸悍驍一下一下撫摸她的背脊，也不逼迫，耐心哄道：「沒事了，乖啊，老公幫妳出頭，不怕不怕。」

他身上還有風塵僕僕的味道，混著清淡的男士淡香，讓周喬無比心安。

陸悍驍就像是她的龜殼，脆弱時、迷茫時、委屈時，住進這個殼裡，就能不管不顧。

周喬哽著聲音，揪緊他的腰間襯衫，說了一句話。

陸悍驍僵硬住，愣了幾秒，以為自己聽錯了。

「妳說什麼？」

周喬淚水塞滿了眼眶，鼻尖紅透，她的聲音，比朦朧的燈影更加悠長。

她抬起頭，淚眼清亮，可憐兮兮地說：「陸悍驍，我想向你求婚……」

陸悍驍的的表情維持震驚許久。

周喬此刻的形象稱不上漂亮，鼻涕眼淚一把抓，臉邊的碎髮也被淚水糊在皮膚上，她望著陸悍驍，說：「不管以後遇到什麼困難，是來自你的家庭，還是任何，我都會跟你一起面對。」

她像一個委屈的孩子，而陸悍驍就是她手裡拽了很久，卻又不小心弄丟過的糖。再次失而復得，歷經種種，方知貴重難得。

周喬單手抓著他，淚水垂在眼瞼，「行不行啊？」

陸悍驍不說話，靜靜望著她。

周喬急了，想了半天，恍然地問：「求婚是需要戒指的對吧，我、我下次買了再補上。你喜歡什麼樣式的？簡單點的吧，戴手上不礙事，主要是……便宜。」

說到最後半句，她的聲音越發放低。

陸悍驍終於抑制不住地笑了起來，他眉宇間的萬千丘壑，此刻都被安撫成了朗朗清風。

如果說，從小到大，陸悍驍都是錦衣玉食，眾星捧月的那一個。那麼這一生順途坦坦，往後幾十年，陸悍驍此刻無比肯定——他人生中最珍貴的寵愛，只有周喬能給。

就在周喬快要被他急哭的時候，陸悍驍假裝皺眉，語調頗慢，「就只有戒指嗎？」

周喬心虛不已，也是，這年頭，求婚成本可貴了。

她深吸一口氣，認真地說：「我有點存款，小時候壓歲錢存起來的，大學暑假的時候，也會去已經畢業的學姐的公司，兼職做一些財務報表。還有這次去美國實習，公司和李教授，都有給我勞務費。」

她說一下，就停頓一下，似乎在思考，還有什麼沒算進來。

陸悍驍忍著笑，眼睛不眨地看著她。臉上寫著「聘禮太少，我可不答應哦」。

周喬可憐兮兮，「都在這裡了。」

陸悍驍「哦」了聲，平靜道：「現在成個家，總還是要有一間房子的，不講究大小，夠住就行。車子也要有一輛，代步工具少不得。還有我家那邊，培養我也不容易，長輩嘛，總是要給幾個紅包意思一下的。」

他說得慢條斯理，有理有據，周喬的臉色先是變沉。

但看到他越說越起勁的時候，周喬不幹了。

她收起眼淚，直接打斷，「說完了？」

陸悍驍打了個頓，「啊。我再想想。」

「不用想了。」周喬情緒平復冷靜，挑眼看著他，「要房子，買不起，要車子，勉強可以付一個比亞迪的頭期款，你要求太多了，我有點嫌棄了。」

陸悍驍：「……」

周喬抹乾淨眼角的餘淚，本是抱著他的手，悄然變了成了揪住他的衣領。

這姿勢，帶著點脅迫的意味，周喬問：「一句話，答不答應？」

陸悍驍：「答應什麼？」

周喬說：「求婚。」

陸悍驍：「誰求誰啊？」

「……」周喬被他噎住，這男人，給點甜頭就得寸進尺。她鬱悶地望著他，幾秒對視，就在陸悍驍準備收手時，周喬突然又哭了起來。

嚎啕之下，眼淚說流就流。

「你欺負我！我手都斷了你還欺負我！你看我的手腫得這麼高這麼大這麼紅，你都不心疼我！我一個女孩子，身殘志堅容易嗎？陸悍驍，你就是個大壞蛋！」

周喬梨花帶雨，打著嗝把這段話說順暢也是不容易。

陸悍驍都快笑死，「得了吧，我可是個大好蛋。胸口給妳搥，我喬喬的小拳頭在哪呢？」

周喬破涕為笑，就知道，和這人在一起，嚴肅不過三分鐘，悲傷不超六十秒。他總是有辦法逗她笑。

陸悍驍不再跟她開玩笑，注意力放在她受傷的手上。

「怎麼傷的？傷了多久？走，我們去醫院。」他邊說邊掏手機，按了個號碼，那頭一接聽，陸悍驍就說：「簡晳，勞煩妳一件事。」

他簡短地說了一下情況，掛斷後，對周喬說：「去市一院，我讓簡晳打了招呼，讓他們醫院的骨科主任幫妳看看。」

周喬沒讓他拉動，抿唇緊閉，身殘志堅地待在原地，絕不妥協。

陸悍驍負手環胸，靜靜看了一下，突然彎腰，和她臉對臉。

「我單方面不同意妳的求婚。」

周喬心口一滯。

陸悍驍眉濃眼深，望著她，「求婚這事，就該交給男人來做。我這輩子就結一次婚，必須往死裡揮霍。給我點時間準備，我會讓妳知道，妳這一生交給我，一本萬利。」

周喬的眼睛又有水霧泛起。

陸悍驍輕聲喝斥住，「不許哭。」

周喬哽了哽喉嚨，抿緊嘴唇。

下一秒，陸悍驍伸手，緊緊地抱住了她，他低沉的聲音自上而下——

「好了，現在可以哭了。」

因為，是在他的懷抱裡。

周喬的手摔傷了筋，幸好骨頭沒錯位，但手肘的位置比較難恢復，所以醫生裝了夾板，前三天還用繃帶吊在脖子上，到週日才允許手垂下去。

而那次意料之外的求婚事件，兩人都沒有再刻意提起。

周喬也不覺得有什麼丟臉，這種感覺怎麼說，就好像突然靈光開了竅，對一些曾經耿耿於懷的東西，突然就釋懷了。

年齡、家境、性格差異、甚至那時直接導致兩人分手的徐晨君。

這些難題，如今在周喬眼裡，不過爾爾。

也許求婚是一時衝動，但求婚時那句話卻是貨真價實的——

「以後不管遇到任何困難，我都會跟你一起面對。」

不再逃避，不再退縮，不再把責任一味地推卸於你。

或者，這就是俯首稱臣，此生認定吧。

日子平淡又充實地過下去。

這日週五，陸悍驍卸下一週忙碌，總算能和周喬好好去外面吃個飯，周喬這兩週的口味變得刁鑽，平日本就飲食清淡，之後陸悍驍胃不好，她更是克己了。

但今天，她點了名想去吃爽辣的湘菜。陸悍驍帶她去了一家不錯的，朵姐推薦絕對不差。周喬點了個乾鍋牛蛙，竟然囑咐要多放點辣椒。

陸悍驍沒說什麼，幫她點了個解辣的果汁。

入了五月，天氣熱得非常快，周喬說：「系裡又寄郵件給我們了。」

陸悍驍正在手機上和陳清禾打牌呢，廝殺慘烈，頭也不抬地搭話，「什麼郵件？」

「暑期實習專案。」

這句話太敏感了，陸悍驍猛地抬起頭，目光警惕。

周喬：「今年的在國內，蘇州，一家網路公司。」

一聽是國內，陸悍驍顯而易見地鬆了半口氣，又問：「妳想去？」

周喬：「還真的挺想去的，也不是太遠，那公司挺有名，業務涉及也廣泛，可以多學點。」

陸悍驍不太服氣，「有我陸寶寶公司名氣大？妳要想學東西，上我這裡來，我讓秦副總手把手帶妳。」

周喬點點頭，「好主意，不過我還是想去蘇州這家。」

陸悍驍雖有不情願，但選擇妥協尊重，「行，時間定下來告訴我，我開車送妳。」

「喲？」周喬用菜單擋著鼻子嘴巴，只露出眼睛，湊近了，對他眨道：「進步很大嘛，陸總，不掀桌子了？」

陸悍驍笑著往座椅一靠，牌也不打了，陳清禾又被遺棄了。

他說：「我以前心太笨了。」

周喬不眨眼了。

「我以前，做了很多自己認為正確，其實特別讓妳不開心的事情。我知道錯了，我吃過虧了，再也不會同一個地方摔倒兩次。」

陸悍驍說得很自然，他右手臂搭在椅背上沿，手指長而勻稱地浮在半空。

周喬眼睛彎著，看著他笑。

兩人隔桌對視，頗有含情脈脈的意境。

陳清禾的電話就在這時轟轟烈烈地殺了進來，陸悍驍心情很好地接聽，「清禾兄，你好啊。」

『辣雞！』那頭一頓咆哮，『我又輸了三十萬遊戲幣！』

「嘖。」陸悍驍皺眉，「這麼凶幹什麼？你不愛我了嗎？」

『我還愛你媽。』

陸悍驍聽了直笑，對周喬示意了一下，便起身到外面接電話。

「別鬧了哥們，問個正經事，你不是有個同學在開婚慶公司嗎？幫我聯絡一下。」

等他回來，菜已經上齊，周喬撲哧撲哧吃得很嗨。

陸悍驍抽了張面紙，「慢點慢點，沒人跟妳搶。」

周喬滿嘴油光，默契地往前一伸，隔著桌子，陸悍驍幫她擦了擦嘴。「我發現妳最近食量很大啊。」

「李教授壓榨得太狠了。」周喬夾了個蘑菇，還要沾點辣油。

陸悍驍看著她，若有所思，思到一半，他的手機又響了。

周喬瞥見螢幕，是陸家老宅的電話。

陸悍驍沒避著她，就這麼接聽，「齊阿姨？」

聽了一會，他臉色驟變，『在哪裡？好，我馬上過來。』

「怎麼了？」周喬放下筷子，關心問。

陸悍驍眼色沉了沉，說：「奶奶住院了。」

陸奶奶高血壓發作，吃完晚飯起身，就直接暈倒在地上。

陸悍驍趕到的時候，已經有六、七個住得近的小輩守在那了。

市一院的幹部病房在後園，清靜雅致，樓層不高，就在二樓。醫生被家屬圍著，你一言我一語地詢問，場面有點亂。

陸悍驍一來，幾個小輩自動讓路，一個個打招呼，「陸哥。」

陸悍驍先是客氣地回應，「謝謝你們。」然後問醫生，「我奶奶的情況怎麼樣？」

醫生把基本病情簡單說了一遍，「暈厥對於老人來說特別危險，幸好送醫及時。但陸老太太的身體確實不容樂觀，多修養，不要受任何刺激。」

陸悍驍鬆了口氣，拍拍醫生的肩，「謝謝您。」

「應該的。」說完，便又去忙碌了。

幾個小輩爭先恐後地安慰陸悍驍，都是年紀輕的孩子，言談十分樂觀幽默，氣氛變得不再壓抑。有人眼尖，問道：「陸哥，那位姐姐，你不跟我們介紹介紹？」

於是，所有人的目光，都光明正大地看向了站在走廊口的周喬。

如芒刺在背，周喬被盯了個措手不及。

陸悍驍抬手敲了敲那個小表妹的腦袋，「就妳伶俐。」他語氣平靜，像是說著再普通不過的家常，「什麼姐姐，要叫嫂子，聽見沒？」

「哇哦！」小輩們一陣歡呼，個個都是聰明蛋，對著周喬齊聲喊道：「嫂子好！」

周喬被叫得面紅耳赤，掐著自己的手心，心裡默念，千萬別怕。

於是，她展開一個還算自然的微笑，「你們好。」

陸悍驍愣了半秒，欣喜異常地挑挑眉，示意她過來。

周喬撓撓耳尖，指著外面，小聲告訴他，「我先去洗手間。」

陸悍驍看著她的背影，笑了笑，也沒攔著，對表妹交待，「我進去看奶奶，等一下妳嫂子來了，讓她也進來。」

周喬返回來，聽了小表妹的轉告後，她剛要往病房門口走。突然誰喊了一聲：「姨媽妳來啦。」

周喬腳步頓住。

是徐晨君。

她側頭一看，徐晨君一身俐落套裝，闊腿褲下蹬著細高跟鞋，手裡提著和指甲顏色一樣的包，氣勢滿分地出現。

徐晨君在看到周喬後，腳步明顯地放慢。兩人目光相對，最後還是周喬先敗下陣來，這是他們的家事，自己的立場有點尷尬，於是她只禮貌地點下頭，「伯母好。」

說完，自覺地默聲離開。

擦肩的時候，徐晨君微微側頭，想說什麼，但又止住了。

病房裡。

陸悍驍守在床邊，陸奶奶睜開眼，氣息存弱，「悍驍來了啊。」

「我當然要來了。」陸悍驍幫她掖了掖被子，輕聲說：「老寶貝不乖，不保重身體，該罰。」

陸老太太笑起來，眼角褶皺深刻，「奶奶以後不乖的次數會越來越多。年紀大了，半條腿擱在棺材裡囉。」

「嗯。您今年七十五歲，半條腿進去，剩下的半條腿，也還要過七十五年才湊一對。」

陸老太太被逗得笑意又深了些，她挪動自己的手，搭在了陸悍驍的手背上。

「驍兒，你和喬喬怪奶奶嗎？」

陸悍驍眉眼沉靜，「嗯？」

「奶奶沒有站在你這邊，不僅沒幫你們說話，還讓喬喬那孩子受了苦。」

老人虛弱的聲音如綿軟的針，病房裡最清晰的，是儀器的滴滴聲。

陸悍驍沉默著。

陸老太太看了他一下，悠悠地轉過腦袋，渾濁的眼球盯著天花板。

一聲嘆氣。

就在這時，一道聲音響起——

「不怪您呢！」

陸悍驍擰眉，聽到窗戶處傳來窸窸窣窣的動靜，還有砸窗的聲音？

反應過來，陸悍驍大駭。

他快步走到窗戶邊，掀開簾子一看。

靠！周喬！

「嘿嘿嘿，是我。」腳踩空調架，手趴著窗臺的周喬，額頭上蹭了灰，髒不拉幾地對陸悍驍咧牙憨笑。

陸悍驍：「……」

終究有些害怕徐晨君，但周喬又實在想看看陸奶奶的情況，於是出此下策，從樓梯間的大窗戶翻了出去，踩著靠得很緊的空調架，偷偷地爬了上來。

周喬瞥見陸悍驍風暴聚攏的眉間，撒嬌賣慘，「好疼哦，拉我一把行不行啊？」

陸悍驍陰沉著臉，雙手一提，抱著就把人弄了進來。

周喬走到病床前，髒兮兮的臉蛋對著陸老太太，「陸奶奶，我一點也不怪您。」

陸老太太很意外，「哎呦，喬喬啊，怎麼爬窗戶呢，多危險啊，下次不要再做了啊。」

「嗯。」周喬點頭，伏下腰，輕聲說：「陸奶奶，您保重身體，我來看看您，馬上就走。」

陸老太太卻一把抓住她的手，「喬喬。」

「嗯？」

「奶奶是喜歡妳的，以後，哦不，很快妳就會知道了。」

周喬似懂非懂，陸老太太嘆了口氣，「好了，妳先跟悍驍出去吧。悍驍，叫你媽媽進來。」

陸悍驍沉默無言，點了點頭，「好。」

徐晨君進來時，手裡還拿了兩張檢查單。

「媽，您放心，沒什麼大問題，注意修養就好。」

陸老太太卻一改剛才的氣定神閒，突然變得脆弱起來，「我一點也不好，我渾身不舒服，心臟像是梗了東西，呼吸不過來了啊。」

徐晨君有點慌，「我去叫醫生。」

「不要不要，不要醫生的呀。」陸老太太哼唧叫嚷，「吃藥好不了，打針也治不了，這是心病，精氣神都被小鬼綁住了呀。」

「……」徐晨君摸不著頭緒，「媽，您、您在說什麼？」

這麼迷信，不應該啊。

陸老太太秒變老三歲，一會捂胸口，一會揉腦袋，「哎呦、哎呦，不舒服的了。」

徐晨君左右不是，又擔心她亂扭動，別真的扭出個什麼心血管毛病出來。

於是向前一步，哄道：「媽，那怎麼樣您才能舒服一點？」

陸老太太呼著氣，說：「家裡來椿喜事，給我沖沖喜吧。沖沖喜，就好了。」

徐晨君彷彿聽見了天大的笑話。

陸老太太耍起了脾氣，雙手捶床，「沖喜，聽不懂嗎？我都快要死了，妳還不遂我的願？」

「好好好，您先別激動。」徐晨君無奈地說：「媽，我一時間上哪找喜事啊？這家裡也沒誰高壽，也沒嫁娶的。」

「胡說。」陸老太太提聲，「悍驍都三十歲了，不結婚幹什麼？占地方啊？我看周喬就很好，他們正合適。」

徐晨君反應過來，「媽，這、這也太啼笑皆非了。」

「給我沖喜就是啼笑皆非？」陸老天又變成了老三歲，哼唧埋怨又捂著胸口喊疼了，「不孝啊、不孝啊，妳給我把陸禮南叫過來！」

陸禮南是陸悍驍的父親大人，警政署署長事務繁忙，三百六十五天見不著人影。

徐晨君拗不過滿床打滾的陸老太太，被她又哭又嚷，弄得頭疼。

只好暫時服軟——

「我答應您了還不成嗎？」

陸老太太，不管不顧的，用最迷信直接的方法，彌補曾經阻攔這對鴛鴦的過錯。

老人家的特權，似乎得天獨厚，很快，她就親自把這個消息告訴了還守在醫院的親戚小輩。陸家是大家族，群組一吆喝，人人都知道陸悍驍要結婚了。

陸老太太這招先斬後奏，把徐晨君逼得束手就擒，沒有半點辦法。

於是，陸悍驍和周喬，就以這樣一種聞所未聞，相當奇葩的方式，不費吹灰之力地攻破了徐晨君的第一道防線。

為了這樁喜事，陸悍驍請幾個哥們吃飯。可以說是名正言順的公布好消息了。

賀燃他們宰得厲害，一頓飯吃了五位數，酒水都挑貴的拿，毫不手軟。吃完飯又去貴到不要臉的地方唱歌。

陳清禾攀著陸悍驍的肩，「欸，顏值最高的我，怎麼沒人要呢。」

陸悍驍鄙視他，「別侮辱顏值行嗎？」

陳清禾是真心為他高興，「什麼時候去登記？」

「明天。」陸悍驍情不自禁地揚起嘴角。

陳清禾的眼神瞬間落寞，「哥們，真心羨慕你。」

陸悍驍捶了他一把，「沒出息，明明對小薔薇有感情，為什麼不去把人追回來？」

陳清禾嘆了口氣，搖搖頭，「行了，不說我了，今天為你慶祝。」

說著說著，兩個人走到了窗戶旁。

陸悍驍菸癮犯了，叼了一根，順手先幫陳清禾點菸。

火柴焰亮了又滅，冉起薄薄的煙氣，陳清禾的菸頭蹭亮，他隨意瞥向外面。

這一瞥不得了，陸悍驍聽見他爆了一個字，「靠！」

陸悍驍剛抬起頭，身邊的陳清禾竟然手扶窗欄，凌厲一翻，極迅速地從窗戶跳了下去。

陸悍驍驚查德滿背冷汗，「這他媽是二樓！」

而陳清禾已經落到了樓下，他部隊出身，身手不錯，極專業地在地上滾了兩圈緩衝力道，然後起身，朝著右邊飛速追跑。

陸悍驍順著方向看過去，不遠處的一間報刊亭，一個身影正在買水。

他瞇起雙眼，再三確認，驚恐。

「天！太巧了吧。」

側臉柔美的女人，長髮束成馬尾，清秀白淨。

而一路狂奔的陳清禾，眼裡有火焰在跳躍，目無其它。

後來周喬打電話給陸悍驍，說找不著包廂。陸悍驍就沒多停留，出去找周喬了。

據說，這一晚的小報刊亭前可熱鬧，一個英俊模樣的男人，跟猛虎似的，逮著一女生的手死死不放。那女生死命地說不認識，看起來柔軟白淨，實則是個藏了烈性的人。

再然後，連派出所的人都過來了。

因為這女生報了警，把英俊男人氣得不輕。

這些成為了附近人民群眾的八卦談資。有說是情侶鬧彆扭，也有人說是人口販子騙小女生，報刊亭老闆最有發言權，從兩人的對話裡，隱約猜到，這男人是部隊當兵出來的，在東北雪山，和這女生有過一段雪山之戀呢。

真真假假無從考證，但陳清禾被押到了派出所卻是貨真價實的。

他不敢找家裡，怕被老爹皮帶伺候，於是找了陸悍驍，虧他上下打點，才把人保了出來。

陸悍驍忙了一個晚上，到家都一點多了。

周喬搭著毛毯，在沙發上睡著，門口一有動靜，她醒得很快，雙眼朦朧地望著他，「回來了啊，陳哥怎麼樣了？」

陸悍驍換了鞋，走過來，「人出來了，沒事，發酒瘋呢。」

周喬皺眉，她記得飯局上陳清禾雖喝了酒，但也沒到醉的地步。

「陳哥，真的騷擾女孩子啊？」她揉了揉眼睛，不確定地問。

「別懷疑，這事他真的幹得出來。」陸悍驍靠著人坐下，說：「這女生是他的舊情人，喏，街頭偶遇，跟演電視劇似的。」

周喬來了興致，「真的啊？」

「小八卦。」陸悍驍嗤笑一聲，然後緩緩嘆氣，「也是苦命人，這都隔了四、五年，還挺能折騰的。行了，別說他們了，鬧心。」

周喬聽得正起勁，不舍地扒拉，「再說點嘛，是陳哥當兵時候認識的嗎？」

「嗯，是。」陸悍驍嘖了一聲，「妳最近提起陳清禾的頻率很高啊。」

周喬學乖，湊過去幫他揉著太陽穴，俏生生地問：「是不是這裡疼啊？我幫你按按就不疼啦。」

陸悍驍低笑一聲，「轉移話題的本事越來越強了。」

周喬的指腹很軟，力道適中，一下一下揉開了陸悍驍緊繃的經脈。

「喬喬。」陸悍驍握住她的手腕，示意她坐過來。

周喬順著勢，被他半摟懷裡。

客廳就開了一盞暖小的精油燈，海洋味的淡香舒緩入夜。

安靜了幾秒。

陸悍驍沉聲說：「喬喬，我們辦婚禮吧。」

「趁著現在天不是太熱，六月初有個好日子。」算下來，也就二十天不到。

周喬倒沒想到他會如此迅速，「六月？太倉促了。」她聲音很低，臉紅燥熱低下了頭。

「我來準備，不耽誤妳的事。」陸悍驍說：「也不是很麻煩，場地啊、布置啊，都可以讓婚慶公司去打點，婚紗也好說，我讓 Samion 明天回國，趕工訂製也很快的。」

他說得淡而從容，每一樁都是仔細斟酌過的。

這些細枝末節的事情串在一起，是陸悍驍給出的交待。

周喬久久不吭聲。

陸悍驍有點急了，催著，「說句話啊。」

周喬揪著睡裙裙擺，鬆了又緊，緊了又鬆，半晌，才輕聲道：「陸哥，我想跟你商量一件事。」

「嗯？」

「能不能，」周喬抬起頭，「不辦婚禮？」

「不辦？」陸悍驍眉頭緊皺，倏地嚴厲，「什麼意思？」

周喬怕他誤會，趕緊丟顆糖作保證：「我是願意嫁給你的。」

這話一出口，陸悍驍就似笑非笑地彎起了嘴。

周喬臉燙，不認慫地頂回去，「看我幹什麼？這是做人的誠信，答應的事，我就不反悔。」

「好好好。」陸悍驍點頭認可，「我的喬喬是個非常有底線的好學生，從小到大，獎狀沒少拿吧？」

周喬揚眉，過了一下，她又放柔了眉眼，耐心解釋說：「陸哥，我不想辦婚禮，一個是私心，我還在上學，你這排場太大，我怕……」

陸悍驍點了下頭，不用說出口，他就理解了。

畢竟是學生，也怕被人圍觀議論。

「再就是，你媽媽那邊……」周喬稍稍提氣，看著他，「會很尷尬吧？」

陸悍驍面色無異，「我不會讓妳尷尬。」

「不不不，」周喬說：「你媽媽年齡也大了，就不要讓她不痛快了。」

陸悍驍才懂，原來是為徐晨君著想。

「能和你走到現在，我很知足了。」周喬靠過去，側臉墊在他肩頭，目光悠然地望著牆壁上的懶懶燈影。

「陸哥，我惜福。」

最後這句話，軟糯得幾乎和暖燈的光亮融為一體。

陸悍驍久久未言。

半晌，一個簡單的「嗯」字從齒間顫出。

第二十八章　細水長流

兩個人第二天去了戶政事務所。

風和日麗，是個好日子。

說起來，也沒什麼特別激動的反應，兩人早上還賴了下床，快九點的時候，才起床穿衣。挑衣服的時候，陸悍驍還想穿那身騷包的花色T恤，被周喬制止住，「欸，穿白色的。」

陸悍驍沒多想，「大喜日子，穿花點不好嗎？」

周喬走過去，拎走他手裡的衣架，說：「要拍照的呢，紅底。」

陸悍驍恍然大悟，才記起等一下要拍結婚證件照呢。

他怪激動的，「會修圖吧，我覺得我最近結實了點。」

周喬笑他，「結婚照，除了我們看，還有誰能看到啊。」

「也是。」陸悍驍說：「反正我赤身裸體的一面，都被妳看完了。」

「是是是，陸禽獸很嚇人的！」周喬揉著他的尾椎骨，又轉身拿了件白襯衫給他，「快換吧，等等出門晚了。」

十五分鐘後，兩人同款同色調，十分和諧地趕去戶政事務所。

這俊男美女，又是難得的情侶裝，往外一站，很是吸引人。

進去大廳，這個時間人不多，又有明顯的流程指引懸掛在牆上，很快就填寫好了要準備的表格。

把資料遞進去的時候，工作人員十分嫺熟地輸入查核，最後鋼印章「啈啈」兩下，證書又返了回來。

周喬拿起來，一下子看照片，一下子看鋼印，一下子又看身分證字號是否正確。她邊看邊念出來：「四三零五六零一九八XX……」

陸悍驍笑道，「幹什麼？」

「怕嫁錯人了。」

周喬說得很認真，一個一個數字地對，陸悍驍看了好久，也不打斷。

「好了，沒錯。」最後，周喬興奮地揚了揚證書，「沒嫁錯人呢！」

陸悍驍這才笑出了聲音。

周喬的笑顏，悉數落入他的眼底，像是住了滿眶的陽光。

「喬喬。」陸悍驍叫她的名字。

周喬笑容猶在嘴邊，「嗯？」

「我會對妳好的。」陸悍驍整個人都沉靜了下來，白襯衫顯得他整個人都在發亮。

我會對妳好的。

這幾個字，不輕不重地滑出唇齒，蹦蹦跳跳地住進了周喬心裡。

看著他，周喬點了下頭，「我也是。」

兩個人相視一笑，陸悍驍說：「寶貝，來。」

他伸手攬過周喬的肩，然後打開手機，伸長手舉著，借著老天爺恩賜的晴日萬里，兩個人頭靠著頭，注目鏡頭燦爛一笑。

「哢擦」

陸悍驍飛快地往她臉上親了一口，用發膩的尾音呢喃：「妳終於是我老婆了。」

回去時，陸悍驍的手機一直有電話訊息飛進來。

周喬還奇怪呢，「公司有事嗎？」

「沒。」陸悍驍輕踩剎車，吹著口哨，「我剛發了動態。」

周喬沒再問，拿出手機打開。

五分鐘前——『哥結婚了。』

配圖是他們的結婚證書。

陸悍驍就這樣公之於眾，沒有半點藏掖，他欣然接受各路親朋好友的圍觀讚嘆，接到不斷祝福調侃的電話時，也是耐心帶笑。

「哈哈哈，我老婆美死了，當然要藏著了！」

「謝謝啊，早生貴子我喜歡。」

「哎呦，朵姐啊，什麼時候休婚假啊？妳也太急了。」

周喬安靜地看著他，談笑風生喜上眉梢。

這個男人，高興或者是不高興，從來不對她掩藏。

周喬嘴角噙笑，轉頭看車窗外面。

陸悍驍趕在綠燈亮之前，掛斷了電話，可開心地說：「我已婚，我驕傲，氣死陳清禾，陳清禾不要臉。」

周喬笑道，「就知道說別人，我看陳哥挺好。」

「也是。」陸悍驍感嘆，「不要臉是個好東西，我就是靠著不要臉，才能把妳追回來。但凡我矯揉造作久一點，妳早就跟人跑了。」

周喬一言難盡，這人還真是會自我安慰啊。

陸悍驍得意地握住她的手，霸道地擺了個十指相扣的造型，「有什麼好躲的，我們從走出戶政事務所的那一刻起，以後骨灰盒也是要擺一起的。」

「呸呸呸！」周喬急忙喝斥他，「說什麼晦氣話呢。」

「為什麼不讓說？」陸悍驍一臉的理所當然，「現在我們在一起，百年了，妳還是要和我在一起的。」

周喬到嘴邊的話，就這麼咽了下去。

算了，這人動不動就想到黃土歸西，這個時候，還是不要告訴他這個消息好了。

陸悍驍越說越興奮。

「老婆！」

周喬被這個新稱呼，激起了滿身戰慄，她故作鎮定，假裝矜持穩重。應了一聲，「嗯。」

那細微處掩不住發抖的顫音。

陸悍驍笑得像個孩子，眼角眉梢都是光。他好像上了癮，一聲一聲樂此不疲。

「老婆。」

「嗯。」

「老婆。」

「幹什麼啊？」

「老婆老婆老婆，我是陸寶寶牌答錄機。」

「……」

陸悍驍哈哈大笑，心裡都快美死了。

「中午想吃什麼？」

「麻辣燙。」周喬說。

「哇靠，今天我們大喜日子，吃點好的行不行？」

「麻辣燙就挺好啊。」

「行，老婆讓我穿子彈內褲，我就絕對不穿丁字褲。」

這哪跟哪啊。周喬忍不住笑罵，「你所有內褲往外一曬，都能幫樓下的人擋雨了。」

「等一下回去試試？」

「怎麼試？」

「妳站在樓下，我從窗戶潑盆水，看妳能不能被淋濕。」

「去你的。」周喬想打他，「你就嘴貧。」

「妳不就愛我這張嘴嗎？妳舒服得不要不要的。」

「陸悍驍！」

「愛周喬。」

他猝不及防的接話，讓人言語失聲。

恰遇紅燈，陸悍驍轉過頭，輕聲說：「我愛妳呀。」

外面的陽光，爭先恐後地往車裡鑽，清風也來湊起了熱鬧。

陸悍驍彎嘴，突然問：「像不像？」

「嗯？」周喬一時沒明白，「像什麼？」

「我們第一次見面的時候。」陸悍驍提醒著，訴說著，「在陸家老宅，我被爺爺一通電話召喚回去，說要丟給我一個跟屁蟲。」

周喬跟著他，一起倒流回憶，然後笑了起來。

「那天妳坐在沙發上，也是這樣一個好天氣。什麼都是亮的，妳回頭的那一瞬，又什麼都暗淡了。」陸悍驍伸出手，食指點向了周喬的眉間，「感覺就是……」

他停頓住，周喬嘴唇微張，這次輪到她問：「是什麼？」

陸悍驍望著她，深沉安靜。

周遭的一切都沉澱下去，他和周喬的相處，從無驚心動魄的大愛，而是在平凡的日子裡，磕磕碰碰，細水長流。

是什麼？

是那日妳來到，輕輕一笑。

我從天靈蓋到腳底，都在肆虐呼嘯。

——《悍夫》正文完——

番外一　月光雪山

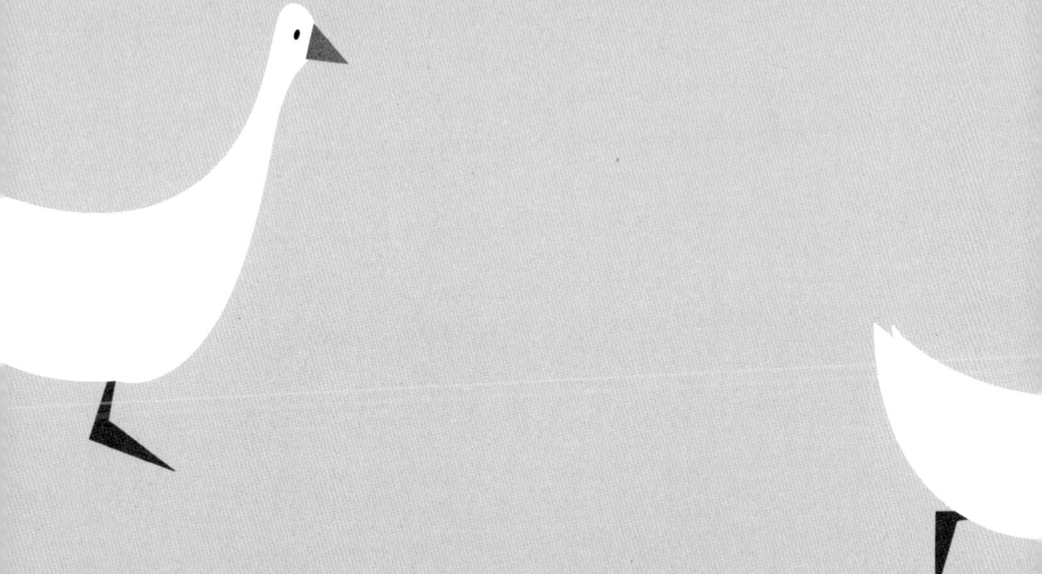

陳清禾從小就是個頑劣蛋，在大院那群孩子裡，帶頭幹壞事沒少他的份。陳家往上數幾輩，都是拿刀弄槍，上戰場殺敵的功臣。驍勇世家的名號，是真正刻在了陳家牌匾上。陳清禾骨子裡就有一股煞氣，小時候掏馬蜂窩，長大點了，就逮人幹架那叫一個囂張凌厲。

陳自儼的心臟病，就是被他這麼活生生氣出來的。

二〇〇九年，陳清禾犯了一件錯事。

彼時的他正在軍校上學，和校裡一個男生結了梁子。那男生叫晏飛，人如其名，是個能飛天的烈貨。祖籍瀋陽，也是高官家出來的公子哥。

一山容不下二虎，陳清禾和他平日沒少明爭暗鬥。

軍校這種地方，大多是沾親帶故，有點門道和後路的人，也有一部分，是寒門奮讀，從窮鄉僻壤裡破土而出的苦孩子。

那日，晏飛和狐朋狗友，把班上一個窮酸膽小的男生堵在男廁裡，一口一句窮鬼又罵又推搡，男生老實，默默受著不吭聲。

後來話越罵越難聽，甚至逼他喝廁所水，眼見著幾個大高個就要把矮豆芽按倒在地上。在最裡面茅坑拉屎的陳清禾，就這麼吊兒郎當地推門出來了。

後來的事不難想像，兩人本就有過節，這次算是豁開了口子，誰也沒給誰留臉面。

晏飛人多仗勢，陳清禾一身腱子肉也不是白練的。

最後雙方傷亡慘重，陳清禾猛虎上頭，打紅了眼睛，操起拖把屈起膝蓋，往上一折，用斷截的木棍往晏飛腦門上狠狠一砸。

晏飛當場就厥了過去。

頓了幾秒，暗色的血一道道地往下墜。

這事鬧得挺大，校方說要嚴肅處理，在調查情況的時候，雙方各執一詞，陳清禾將情況如實說明，晏飛卻說是陳清禾無緣無故動手打人。

當目光都落向被欺負的「矮豆芽」男生時。

他低著頭，蹲在牆角，滿臉怯色，低著聲音說：「晏飛沒有為難我。」

此話一出，陳清禾走過來對著他肩膀就是一腳，「老子瞎了眼！」

晏飛纏著滿腦的繃帶，暗藏得意地笑。

陳清禾本該是要被記大過，但陳家聲名赫赫，尤其老爺子陳自儼。

校方便要其寫份檢討，再道個歉就算完事。

陳清禾哪吃得下這份委屈，摔了教務處的門，瀟灑地走了。

這事情，成功把陳自儼氣得心臟病再次發作，差點沒蹬腿嗚呼。

醒來後的第一句話，就要陳清禾滾蛋。

陳清禾答應了，滾了。

但滾的不是蛋，而是滾去了國境之北。

陳清禾也不知跟老爺子鬥氣，還是跟自己置氣，報了名，離家有多遠就走多遠。

他骨子裡有股匪氣，絕不受任何委屈。

走前的一晚，跑回軍校，找到腦門剛拆線的晏飛，反手就是一個不銹鋼開水瓶子，再次把人的腦袋開了瓢。

晏飛哀聲痛叫，陳清禾笑得寒森，蹲下來對他說了一句話。

「陳大爺，永遠是你大爺！」

陳清禾活得熱烈，走得瀟灑。

一走，就是兩年。

二〇一一年冬，這一年的哈爾濱，風雪冰災堪稱近年最重。

一夜雪落，駐地的大門都被堵了半邊。六點不到，泱泱人頭已經開始清掃路面了。

零下的溫度，陳清禾脫了軍棉襖，裹著一件灰色羊絨衫就開始幹活，邊幹邊吆喝。

「陳朝！帶一隊人去清掃排水嶺！」

「是！」

「二蛋，你負責松崗！」

「是！」

這時，一道厚實的男中音，「陳清禾。」

「到！」

聽見召喚，陳清禾放下掃把，立正稍息，昂首抬頭站得十分標正。

叫他的是徐連長，吩咐道：「你帶人去三〇七標地處，務必幫助百姓清掃積雪，將災害損失降到最低。」

「是！」

三〇七標地附近百姓多，這附近的農田都集中在這裡。

陳清禾隸屬的野戰隊，幹這種效率活最合適，天氣預報說連日都有暴雪，他們要趕在斷黑前，把稻草鋪在田埂上，以防土地凍傷。

「哥，幫忙一下。」何正扛過一大摞稻草，人都要被壓沒了。

陳清禾借了把力給他，幫忙把草卸下，這冷風一吹，兩個人呼出的氣都是冰渣子。

「休息一下，哥，給。」何正哆著手，遞了個微熱的馬鈴薯給他，這也是今天的午飯了。

陳清禾起身，圍著田地看了一圈，放了心，才回來吃馬鈴薯。

馬鈴薯是柴火烤的，夠香。但冷得快，所以陳清禾幾口就塞進了嘴巴。

「欸對了哥，聽上頭說，明天有個什麼新聞團體會來我們這拍什麼紀錄片。」何正嘿嘿憨笑，「是拍廣告嗎？能不能上電視啊？」

陳清禾擰開水蓋，灌了一大口，「出息。」

「要是能上電視，我爹媽就能看見我了。」何正搓了搓手，望著又開始飄雪的天，「我都一年沒回過家了。」

陳清禾沒再數落他，把瓶蓋擰緊了，說：「起來，接著幹活。」

這裡緯度高，天黑來得快。四點的時候，任務就到了收尾階段，五點不到，天色已經灰蒙，風也更猛烈了，陳清禾瞅著風向和天色，暴雪恐怕會比預報來得更快。

「收隊！」一聲命下，隊伍迅速集合，規整有序地依次上車。

陳清禾和何正的皮卡車是最後一個走。從這裡回駐地有三十公里，繞著崎嶇雪路就更慢了。

駛出村莊，天便完全黑了下去，像塊沉重幕布，壓著風雪欲來。

順利開著，何正突然說：「哥，快看，前面是不是有人？」

陳清禾沒說話，瞇起雙眼，他也注意到了。

一公里遠處，似乎有輛停著的麵包車，而車頂上，站著一人正朝他們奮力搖手。

「減慢速度。」陳清禾提醒，開近了，也看清了，是車在路上壞了。

剛停穩，那人跑了過來，喘著氣攀著他們的車窗，「喲，阿兵哥！」

陳清禾他們一身軍裝，給困境中的人群一種莫名的安定力量。

「我們的在路上壞了，這前不著村，後不著店的，幫幫我們吧。」

那人一臉哀求，陳清禾和何正很快下車，何正去後面拿修車工具，陳清禾走向前探看情況。

九人座的麵包車，後排座位都放倒了，放了幾個大箱子，副駕駛座上還坐著一個人。女的。

長髮束在帽子裡，帽子上吊著兩個絨球，聽見動靜，她回頭，和陳清禾視線對上。

天雖暗，但雪光蹭亮，折在車窗玻璃上，借著這道光，這女孩的眼睛跟水光輕輕蕩一樣。

陳清禾面不改色，回頭跟司機說：「車空出來，先坐我們的車，這車內胎壞了，我們的備用胎型號對不上。」他又伸手，試了下飄下來的雪片密度，瞇眼道：「暴雪天不安全，快。」

「欸！好好好！」對方司機趕緊招呼車裡的人，「霍歆。」

「來了。」

陳清禾側頭瞄了一眼，只見那女孩一身白色棉襖，圍巾遮了半邊臉，只露出眼睛，跟小狐狸似的。

陳清禾剛準備轉身，那司機特別不好意思地說：「能不能先去，先去……」

「去吧。」陳清禾自然明白，很快，又把人叫住，「等一下。」

這裡是深山區，野獸危險。雖然冰天寒冷，但也不能保證不出意外。

陳清禾讓何正跟著，有個照應。

人一走，就只剩下他和霍歆了。

陳清禾隨意問：「來玩的？」

霍歆沒當即回答，而是欲言又止。

「車上等吧，外頭冷。」陳清禾剛邁一步。

霍歆憋得不行了，小聲說了句話。

陳清禾沒聽清楚，側頭看她，「什麼？」

這女孩小小一隻，站在空曠山野裡，跟白兔子似的，她看著陳清禾，沉了沉氣，大聲，

「我也想上廁所！」

陳清禾一愣，腦子沒轉過來，指著右邊，「去吧。」

「我害怕。」開了個頭，後面的就流暢了，霍歆說：「我也怕怪獸。」

陳清禾嗤的一聲，樂了，「我還奧特曼呢。」

霍歆才發現，她把野獸說成了怪獸，但也差不多，她看向陳清禾。

那意思很明顯——我也需要一個警衛兵。

尷尬僅在陳清禾心裡轉了一秒，他一個大老爺們沒那麼多心思，於是默聲，往右邊走。

霍歆趕緊跟上去。

草垛裡有條矮溝，說高不高，說低不低。霍歆不敢跳，左右不是。

陳清禾乾脆伸出自己的雙臂，「扶著我。」

他不主動握女孩子，全讓霍歆自己借力。陳清禾雖有痞性，但畢竟是富貴人家的孩子，心性絕對端正。

霍歆總算跳下了草垛，陳清禾馬上轉身，離開得很快。

「欸！你別走遠了。」霍歆的聲音從那邊傳來，聽得出來是真的驚慌。

陳清禾無聲，但腳步停住，過了幾秒，又默默往後退了兩小步。

山崗風大，能聽到的都是風聲。

但沒兩分鐘，草垛裡就傳來霍歆的尖叫，「啊！」

陳清禾趕忙轉身，這一轉就妙了，正好看到霍星兩截雪白的大腿。

她神情慌張地看著某處，正往上提褲子，一提，棉襖的衣擺都被撩起，那比腿還白的臀，哪怕是個側面，都跟半邊蜜桃似的。

陳清禾快速地移眼，還是把這畫面深深刻進了視網膜。

他喉結滾動，心裡暗罵一聲：靠。

「有蛇！有蛇！」霍歆都快嚇哭了，一溜煙就爬了上來，跑到陳清禾身旁，抓著他的手臂。

陳清禾盯著兩人交疊的手，半秒。然後走到草垛處往下一看。

「……那他媽是麻繩！」

暴風雪終於在半小時後肆虐人間。

四個人坐在軍用皮卡車裡，用掛繩牽著後頭的麵包車。

說來也巧，在車上一聊起才知道，他們去的竟然就是駐地。

何正反應快，脫口問：「你們就是城裡來採訪的吧？」

還真是趕了個巧。

麵包車的司機就是他們的攝影，專案組分三車趕路，他這輛落了後，還偏偏壞在這訊號失靈的山崗裡，天地不應，幸虧遇上了陳清禾他們。

沾親帶點故，一下子就熟絡了。

陳清禾本就是個嘴皮子熱絡的人，加上何正，三個男的聊得火熱。霍歆就在一旁安靜地聽，時不時地看陳清禾一眼。

好幾次，陳清禾轉頭時，都跟她的目光碰上。

一觸，就散開。

各自看別處。

就好像今天第一次見面就都有了心事。

陳清禾清咳了一聲，從後視鏡裡瞥見她白皙的臉蛋，就聯想到那半邊若隱若現的「水蜜桃」。

他媽的情不自禁。

到了駐地，已快九點。

何正去交車，陳清禾將人帶到接待處，人齊了，上層長官還特地安排了簡單的歡迎會。

班長級以上人員參加，長方形桌子，電視臺的坐一排，一個對一個，而陳清禾，正好對著的是霍歆。

屋裡有火盆，有這東西，溫度一下子就熱了起來。

霍星摘了帽子，取下圍巾，一張臉是名副其實的漂亮清秀，隔著桌子，她對陳清禾燦爛一笑。

陳清禾面無表情，默默地把眼珠轉向左邊的長官。

歡迎會流程簡單，無非是雙方發言，來者是客，電視臺的多說了一些，順便把人逐一介紹了番。

什麼攝影師啊、副導演啊、後勤啊。到霍歆時，陳清禾豎起了耳朵。

「這是霍歆，此次宣傳片拍攝的攝影師，我們除了影像播放，也會在期刊上進行刊登。霍歆啊，今年剛畢業，吃苦耐勞特別棒。」

原來才剛畢業。

難怪這麼的嫩，看著那雙眼睛，對你笑的時候，好像能掐出棉花糖。

陳清禾眼珠子又轉了半圈，看向了右邊的長官。

十幾分鐘後，歡迎會結束。

部隊紀律嚴厲，除了執勤哨兵，作息都有統一規定。

就寢前半小時是自由活動時間，陳清禾拿盆去接熱水，準備泡個腳。結果在走廊上，看見霍歆也拿著盆子迎面走來。

駐地條件有限，平日有人來訪，就騰出幾間屋子做招待所，接水洗漱都共用。

霍歆彎嘴，看著陳清禾，眉眼又笑開來。

「陳班長，你好呀！」

陳清禾「嗯」了一聲，算是招呼。

擦肩的時候，霍歆突然問：「對了，陳班長，我有個疑問。」

陳清禾腳步停住，「妳說。」

霍歆退了一步，跟他站平行了，微微仰頭，眨眼問他，「你今天，老是躲我幹什麼呀？」

「……」陳清禾：「有嗎？」

「有啊。在車上，你看了我四次，但我一看你，你就不看了。還有在歡迎會上，我對你笑，你為什麼不對我笑？」

「……」陳清禾的老底被她一次性揭穿，瞬間無言。

霍歆對他眨眼，「這是為什麼呢？」她眨了幾下，就笑了起來，「你慢慢想，我先去接熱水了。」

陳清禾望著她的背影，怎麼看都有一股小狐狸的狡黠味。

自己為什麼要躲，不知道。

但他無比肯定——這女孩，壞透了。

陳清禾回宿舍的時候，一群兵崽子正在火擦火地聊天玩，時不時地哄笑。

「幹什麼呢，沒紀律！」陳清禾進來，吼了一嗓子。

何正興奮地告訴，「鐵拐子會算運勢呢。」

「嘁！」陳清禾冷颼颼地諷道，「明天趕緊打報告，扛面大旗出門算命賺錢。」

「還真準，他都能算出，我今天穿的是紅內褲呢！」

陳清禾往床上一躺，懶得理。

這位叫鐵拐子的胖同志，冒了出來，「哥，我幫您算一算啊，您今天印堂有點烏青，右臉頰還冒了顆小痘，這是體內陰陽有失，火卦錯亂的表現——您啊，今天一定是看到了讓自己上火的東西。」

剛開始，陳清禾只當他瞎掰。

但聽到後面半句，他心裡咯噔一跳。

那半邊雪白的「水蜜桃」，可不是上火的東西嘛。

他賞了個眼神給鐵拐子，示意他繼續亂說。

「我看看你的手相。」鐵拐子不由分說地抓起他的手掌，攤上一看，哎哎呀一頓吠，「班長，您這線全亂了，都往手掌外面的方向亂呢！你看，這一條條的，都朝那邊長了——」

鐵拐子手指著門口的位置。

「這種手相，很有講究，是姻緣線，不是我瞎掰，要是這一刻，有一個女的出現在這方向，那鐵定是你的另一半了。」

陳清禾收回手，笑罵，「老子數三下，要是門口沒現人影，你就給我做五十個引體向上。」

這話一出，寢室裡的兵崽子們齊聲倒數，「三！」

「二！」

就在這時——

「咚咚咚。」

是敲門聲。

眾人面面相覷，一道清亮的聲音。

「請問，陳班長在嗎？」

離門近的，不嫌事大地把門拉開，同時，大家把剩下的數完，起鬨笑鬧：「一！」

霍歆站在門口，被這熱烈的氣氛撲了個措手不及。

她不明所以，掃了一圈，目光很快定在了陳清禾身上。

笑聲隱隱，也不知是誰帶頭，「啪啪」竟是鼓起了掌。

一聲、兩聲，最後掌聲雷動，笑聲哄堂。

霍歆眼睛機靈，也跟著大夥一起笑。

陳清禾心想，妳都被人賣了，笑什麼呢！

罵歸罵，他還是別過頭，才不想讓霍歆看到自己微紅的臉色。

霍歆笑起來，嘴角兩個梨渦跟淺酒罈子似的，添了幾分恰到好處的膩。

她問：「你們笑什麼呀？」

「我們笑班長的老……」何正是個高音炮，直接把陳清禾賣了一半。

「何正！」

「到！」

「伏地挺身三十個，就地，立即！」

陳清禾這嗓門氣勢足，總算把這缺心眼的唬住了。

他起身，經過時踹了腳正在做伏地挺身的何正，「屁股給我抬高點！」

陳清禾帶上門，兩人站在走廊。

「妳找我什麼事？」

「我的房間。」霍歆指著東頭。

「妳的房間怎麼了？」陳清禾睨她一眼，「又有怪獸？」

霍歆笑了起來，歪著腦袋看他，「陳班長你好厲害啊。」

「打住。」陳清禾又嗅到了壞味，他立刻板起臉，「妳這歸後勤管，我管不了。」

霍歆小雞啄米似的直點頭，「我就是來問你後勤電話的。」

陳清禾輕呵一聲，心想，還挺會掰呢。

訓練期間，手機是沒收的。陳清禾掏出聯絡本，在空白紙頁上寫號碼。

霍歆盯著他的手臂，眼睛跟著一起動，眨都不眨一下。

陳清禾：「妳在看雞腿？」

被拆穿，霍歆也不覺尷尬，反倒從容一笑，「沒，就覺得，班長你的字寫得有點醜。」

陳清禾：「……」

這個節目組年終企劃了一個軍營專題，跑這來取材。主要方式是跟隊拍攝，陳清禾在的這支野戰隊，是最苦最硬的一個隊伍，早上六點集合，上來就是一個輕裝五公里跑步，每天的體能訓練枯燥艱苦，零下的溫度，赤著膀子下冰河洗澡。

極致的忍受，絕對的服從。

陳清禾是班長，也是裡頭綜合素質最好的一個兵，訓練時從不多言，悶頭打，咬牙衝，在皚皚白雪日光裡，他赤著上身做單杠向上。

那肌肉一塊塊的，橫在腰間，腹間，手臂上，滾著太陽的光，讓人移不開眼。

霍歆拿著的相機，像一個黑色炮筒，對著他啰嚓啰嚓，正宗的機槍掃射。

陳清禾忍不了。

趁五分鐘休息時，把霍歆叫到一旁，不耐煩地問：「妳幹什麼？」

霍歆今天換了件黑色胖羽絨服，紅色圍巾襯得她臉蛋跟雪色一樣透亮。她的睫毛刷刷一眨，尖上的雪粒子抖到她鼻尖，化了。

霍歆說：「我在工作呀，幫你們拍照呢。」

陳清禾：「只拍我一個？」

霍歆說：「都拍了的。」她滑開相機螢幕，光明正大地向前一大步，蹭了蹭他的肩，一本正經地指著，「這是何正、蘇遙遠、鐵拐子。」

照片一張張翻過去，還真的是。

就在陳清禾準備鬆口時，霍歆手指滑得太快，下一張照片落入他眼裡。

「慢著！」陳清禾喝斥。

「不給。」霍歆飛快收手。

但來不及了，陳清禾捏住她衣袖，輕輕一拉，就把相機奪了過來。

螢幕上，是一張他只穿著件軍綠內褲，站在河邊擰毛巾的照片。

用了長鏡頭，景象拉得近，構圖也漂亮，像是雜誌的裸體男模。

夠色的。

陳清禾臉色沉了，居高臨下的樣子。

霍歆機靈，搶過相機抱在懷裡——

「幹什麼這麼凶呀！我又不是偷拍，誰讓你自己在冰河裡裸泳的。」

然後腳底一抹油，跑了。

陳清禾望著小狐狸跑遠的背影，習慣性地用舌尖抵了抵嘴角，終究沒忍住，笑了。

「這丫頭，缺心眼吧。」

霍歆有備而來。

苗頭被人看出來了，索性也不瞞著了，或者，她根本就不打算藏著。

之後的一個星期，陳清禾在哪，她就在哪。

食堂吃飯，她要靠著陳清禾坐。

升旗儀式，她要靠著陳清禾站。

開關壞了，她非要讓陳清禾修。

跟隊拍攝，任誰都瞧出來了，陳清禾儼然是她的私人模特兒。

說實話。

陳清禾從小就長得標緻，又是軍人家的孩子，家風家訓擺在那，站有松姿，坐如沉鐘，精氣神亮亮堂堂，沒少招女孩子喜歡。

多數是暗戀，也有膽大的，明著面地追他。

但像霍歆這麼「強力膠」的，真是僅此一家。

陳清禾覺得這樣下去沒辦法，乾脆把霍歆叫到籃球場，豁開了地問：「妳是不是喜歡我？」

他問得坦蕩，霍歆也答得敞亮。

「對啊！」

這嗓門，有力。

久默無言，兩人對視。

還是陳清禾先挪開眼，不肯承認自己認了輸。

他官方語氣，「首先，我先跟妳道個歉，可能是平日，我做得不對，讓妳造成了曲解誤會。我是軍人，為人民服務，對誰都一個樣。」

「你對我來說，是不一樣的。」霍歆打斷他，湊近了，這小狐狸，又開始炫耀她的長睫毛了。

霍歆眨著眼，俏生生地問：「陳清禾，你真的不記得我了嗎？」

她好心地給了個提醒。

二〇一〇年，夏季，瀋陽。

暴雨連下兩日，內澇嚴重，洪峰過境，是九八年特大洪災以來最嚴重的一次。

七〇三野戰隊在瀋陽學習培訓，深夜接到緊急命令，全體戰士，增援巨洪峽受災區域。

陳清禾他們迅速趕往，扛沙袋、挖堤壩、鑿引流。現場有百姓急叫，「不好！險灘中間有人被困住了！」

離得最近的陳清禾二話不說，把安全繩捆著腰，和一個同僚推著橡皮衝鋒艇就下了水。

那水流速度，急湍、恐怖，幾秒鐘就能把人吞下去。

臨近險灘，衝鋒艇就過不去了，石頭泥沙堆著，把水流分成了激烈的漩渦。當時，陳清禾只對同行的小戰士說了一句話。

「你老婆下個月就要生了，你留下，我上！」

就這樣，陳清禾僅靠著腰間的安全繩，毫不猶豫地跳下水，順著水漩的流向，硬是搶灘登陸。

情況相當危險，水淹沒了受困人的胸部。

雨水如一把把的匕首密集劈下，對方的臉都來不及看清。

只記得是個女的。

陳清禾把她箍得死死，被水浪一次又一次地打翻，他硬是沒鬆手。

絕望關頭，霍歆哭著問：「我們是不是要死了？」

這個夏天對霍歆來說，先是遇了死。

但又因為陳清禾的一句話——

他抬頭迎雨，抱著她鐵緊，聲如霹靂雷鳴：「老天爺我操你媽！你弄不死老子的！」

又逢了生。

「記起來了？」直到霍歆問話，陳清禾才從缺肢斷腿的記憶裡回過神。

他擰眉，「我救的人就是妳？」

霍歆：「你不記得了呀，是我長得不好看嗎？」

「那時候只想活命，誰有那心思。」

「現在可以有了。」

「有什麼？」

「仔細看看我。」霍歆對他笑，放軟了聲音，「陳清禾，我長得好看嗎？」

夜雪初霽，世界一層靜靜的白。

人間唯一的豔色，就是霍歆眼裡的光。

陳清禾彎嘴極淡，說：「妳沒墨鱗長得好看。」

霍歆急了，對著他的背影喊：「莫琳是誰啊！比比看啊！」

陳清禾向著月亮走，雪地一串深腳印。

「墨鱗是我爺爺養的狗。」

霍歆：「……」

謎團解開了，陳清禾也沒對霍歆另眼相待。

一個熱情，一個冷淡，搭配得還挺好。

過了幾日，陳清禾訓練時發現，霍歆沒有跟組拍攝。

武裝十公里體能訓練結束後，他問攝影大哥，「欸，霍歆今天怎麼沒來啊？」

「霍歆？哦，她被暫時停掉手頭工作，在屋裡看護機械設備呢。」

「呵，犯錯了？」陳清禾就當無意閒談，刨根究底。

這攝像師跟了他們半個月，關係還挺好，於是小聲告訴他。

「霍歆跟組長鬧翻了。」

「原因。」

「我們有一捲原片，就是拍你們四百公尺障礙跑的那次，原片啊，其實是被組長弄丟了，這雪下的大，一轉眼就被蓋住了，誰還找得回啊。」

攝影大哥聲音壓更低，「我們這組長上個月新調來的，背景好的很，就把責任都推到了小趙身上，據說半逼半哄霍歆，讓她什麼都別說。」

結果，在開內部小會，組長有模有樣批評小趙時，霍歆站了出來，不卑不亢：「組長，原片是你弄丟的，跟小趙沒關係，早上我跟你一起出門的時候，親眼看到你把膠捲放包裡。」

零下的冰天，組長的腦門上硬是流了汗。

這霍歆，跟朵鏗鏘玫瑰似的，帶刺。

陳清禾沉默幾秒，問：「後來呢？」

攝像大哥一聲嘆氣，「組長讓小趙自己說，小趙的家境不太好，能進我們電視臺，真心不容易。」

話只需半截，陳清禾就明白了。

小趙肯定說，是自己把片弄丟，和組長沒關係。

霍歆一番好心，卻被人倒打一耙。

這滋味。

陳清禾想起自己在軍校的經歷。

他懂。

今天也是週六，晚上是部隊的例行聚餐日。

有嚴有鬆，穿上軍裝，是保家衛國的好兒郎，脫了軍裝，也是朝氣純粹的烈焰青年。

倒了一桌的燒刀子，酒味重，配著屋裡的炭火，那叫一個熱火朝天。

「班長！今天你不喝，真的太太無趣了！」何正端著搪瓷杯，酒水晃出來，推到陳清禾面前。

陳清禾笑他，「還太太呢，說，是不是想女人了！」

戰友們起哄，用杯底敲桌，「何正想娶老婆囉！」

「去去去，亂說。」何正底氣不足，被冷風吹傷了的臉頰，還泛起了紅，說不過陳清禾，他實誠地一口乾完杯中酒。

「好！」一片拍手聲。

「不行，陳班長必須要喝。」又有人接著進攻，「什麼風濕疼，都是幌子，喝兩口燒刀子，包治百病！」

「真疼，哥不騙你們。」甭管怎麼進攻，陳清禾總能溫和地推著，「這酒烈，喝下去，明天真的沒辦法帶你們翻越高臺了。」

這時，木門「吱呀」一聲被推開。

一個小腦袋冒進來，聲音俏生生的，「他有風濕呢，別逼他啦。」是霍歆。

這一天不見人的小丫頭，這時候溜進來了。

大家都知道她的心思，哪能放過這機會，不等眾人調侃，霍歆烏溜溜的眼睛直轉，竟然自投羅網地說：「實在要喝，我來呀！」

陳清禾終於抬頭看她。

霍歆眨眨眼，端起搪瓷杯。

陳清禾坐著，她站著，腳尖還在桌底下，故意踢了踢他的小腿。

陳清禾哼笑一聲，極輕，下一秒，他臉色微變。

霍歆仰頭，哎呦喂，真的喝了！

一口。

陳清禾起身，伸手把杯子奪了回來。似怒非怒地瞪了霍歆一眼，然後抬手，咕嚕，喉頭一滾。

搪瓷杯空了。

「妳不知道這酒叫燒刀子啊！」陳清禾把霍歆拉到外面，沉聲訓她。

霍歆皮著呢，還示威似的摸了摸肚子，「你別不信，我喝得過你。」

陳清禾嗤聲一笑，清清淡淡地說：「妳怕是被關禁閉關傻了吧。」

霍歆愣了下，繼而低下頭，聲音終於疲下來，「……你知道啊。」

廢話。

她白天不見人影，小房間裡晚上七點才亮了燈。

看起來一副天不怕地不怕的模樣，其實背地裡偷偷傷著心呢。

霍歆垂頭喪氣，鞋底磨著地上的薄雪，問他：「為什麼小趙任由別人冤枉自己。他自己不委屈嗎？」

漠北雪夜，天晴雲朗的時候，晚上的月亮皎淨明亮。

陳清禾看了月亮一眼，才把目光挪回她身上。

「這種人，活該一輩子受委屈。妳比他光明，真相才不會被埋沒，月亮在天上看著呢。」

回到寢室，熄燈就寢。

陳清禾翻來又去竟然失了眠。

呵，當年飛揚跋扈的陳大爺。

如今也會說人生道理了。

第二天，陳清禾用座機打了個電話給陸悍驍。

「哥們，幫我個忙。」

當天下午，霍歆竟莫名其妙的又恢復了原本的攝影工作。

那組長一臉委屈又無可奈何，真是大快人心。

這件事之後，陳清禾自己有意躲著霍歆，他把原因歸結成，不想和狡猾的狐狸打交道。

結果這隻狐狸做了件聰明事，向部隊打報告，說自己的攝影器材壞掉了，必須去市區才有辦法修。

從駐地去市區，挺難轉車，領導派了陳清禾，全程陪護。

六點出發，從鎮入縣，再坐大巴進市，到達已經是下午兩點，等修完照相機，天都黑透了。

陳清禾向部隊彙報情況，得到允肯，留宿一晚。

兩人找了個其貌不揚的小賓館，陳清禾幫霍歆開了個單間，幫自己要了個八十八一晚的特價房。

特價房住著挺好，就是有點吵，隔壁嗯嗯啊啊，男女挺盡興。

陳清禾兩眼一閉，心無雜念地唱著軍歌。

唱到「我們工人有力量」這句時，敲門聲響。

是霍歆。

洗得飄香，穿了件薄絨衫，跟魚似的，從陳清禾的手臂下面溜了進來。

陳清禾好笑，敞開門，「幹什麼？」

霍歆指著門，「關上關上，他們的聲音叫得太浮誇了。」

陳清禾：「……」

確實，隔壁太不矜持了，聽著紅眼。

門一關。

霍歆就走了過來，手從背後滑向他腰間，緊緊扣住，「不許動，我上鎖了。」

陳清禾渾身僵，「放手。」

霍歆才不呢，抬頭看他，「說，你為什麼要幫我。」

「我沒幫妳。」

「胡說。我工作的事，就是你解決的。」

「……」

「組長說，別以為有人撐腰就了不起，再厲害，那人也在上海。你就是上海人，不是你，還有誰？」

陳清禾卻避重就輕，語氣寒森，「他又威脅妳了？」

「我不怕。」

陳清禾冷哼一聲，「再遠，妳也夠了不起。」

霍歆挺得直彎嘴，眼睛亮晶晶的，「陳清禾，還說你不喜歡我。」

陳清禾：「幫妳就叫喜歡妳？我幫過的人多了去。」

他自以為滴水不漏的藉口說辭，短字長句頭頭是道。

霍歆踮腳，直接往他左臉親了一口。

陳清禾：「……」

「這樣的，多嗎？」霍歆很緊張，但眼睛還是勇敢地和他對視。

「靠。」陳清禾捏住她的下巴，眼珠染了火，「霍歆，妳知道妳在幹什麼嗎？」

霍歆不說話，憋著氣，又往他右臉親了一口，小聲道：「好了，現在親對稱了。」

陳清禾：「……」

「一見鍾情就不是愛情嗎？」霍歆破釜沉舟，不卑不亢地說：「我就是喜歡你，喜歡你我就追，盡力追，用力追，追得到是我的本事。當然，你也有讓我追不到的權利。」

嘿！這小狐狸。

陳清禾的心裡有座雪山，現在，雪山的白皚山尖，已經開始融化了。

「你不說話，我就走了。」霍歆向前一步，手搭在門把上，「走了就再也不來了。」

門鎖擰動，門板敞開一條縫。

霍歆的手突然被握住。

陳清禾一拉，人就拽回了他懷裡。

他的聲音自上而下，想忍，卻是忍無可忍，碾碎牙齒一般，「老子現在才明白，妳不是什麼小狐狸，就是一隻狐狸精！」

霍歆被荷爾蒙氣息撞了個滿懷，有點害怕，但還是欣喜比較多。

她在陳清禾耳朵邊，「別以為我不知道，那天在雪嶺，你眼睛都著火了。」

陳清禾呼吸急了，聲音也沉了，「著什麼火？」

霍歆拉著他的手，挪到自己的臀上，眼睛俏生生地往上揚：「……你說呢？」

這一晚的事，意料之外，但又情理之中。

兩人在這間八十八的特價房裡，轟烈燃燒。

陳清禾掐著她的細腰，從後頭用力地頂。霍歆這女孩，肌膚雪白，後背全是被陳清禾嘬出的印痕。

到最後，霍歆的每根腳趾頭，都痙攣般蜷起。

陳清禾心裡的冰山，至此，全部融化成春水。

他舔了舔霍歆的尾椎骨，真以為他這麼好撩撥？

不過是那天雪山靜嶺，她回眸一瞬——自己就先著了迷。

次日歸隊。

在路上，霍歆總算可以光明正大膩著陳清禾了。

「啊，我想要堆個雪人。」

「路邊那麼多雪人還不夠妳看？」

「那些醜。」

「哪裡醜？」

「不是我堆的，就醜。」

「那妳覺得誰好看？」

「我最好看。」

陳清禾樂了，側低著頭，看她，「妳這丫頭，挺有自信啊。」

霍歆眼睛亮，踮腳湊到他耳朵邊，「你那裡也好看。」

陳清禾腳步停住，挑眉，「我哪裡好看？」

「就是那顆痣。」霍歆眼珠轉了半圈，說：「又黑又圓。」

「……」

「陳清禾你怎麼臉紅啦？」

「誰臉紅了？那叫高原紅。」

「切。」

最後一趟轉車，霍歆在路上睡著了。

她歪頭墊著陳清禾的肩，碎髮跟著顛簸一晃一晃，淡淡的陽光也跟著在她臉上折來折去。

路不好走，輾軋過一個大坑時，把霍歆震醒了。

「哎呀。」她捂著心口，「夢見我跳樓自殺呢。」

陳清禾看著她迷糊犯可愛的樣子，嘴角彎著，突然叫了一句，「小薔薇。」

霍歆噘著嘴，「不許叫這個。」

脫光了才知道，她胸脯上，刺了一朵薔薇花。

昨晚，這人把她的薔薇花虐得可慘呢。

陳清禾樂得不行，壓著聲音問她：「還疼呢？」

霍歆低頭，「嗯。」

陳清禾握住她的手，「我下次會輕一點的。」

霍歆好了傷疤忘了疼，眨眼睛道：「今晚？」

陳清禾眉心擰了擰，唬她：「別惹事。」

回部隊，紀律當頭，可沒這麼自由。

小薔薇在故意撓他的心呢。

下車前，陳清禾說：「歸隊之後，有些事情就不方便明著做。妳多照顧自己，被人欺負了告訴我。」

霍歆坐直腰板，敬了個禮，「是！長官！」

呵，這架勢。

還挺像模像樣。

兩個人就這麼生龍活虎地確立了關係。

訓練時，陳清禾不能光明正大地和她一起，霍歆借著職務便利，抓緊一切機會跑他面前晃。

「陳清禾，昨天我把你拍得特別帥！」

「陳清禾，今天我也把你拍得很帥！」

她剛要繼續，陳清禾嘖了一聲，搶了她臺詞，說：「明天妳也會把我拍得很帥——知道了。」

霍歆唔了一聲，「那要看心情。」

這時，集合哨長音破天。

陳清禾迅速立正，「把圍巾戴好別凍著，我走了。」

「欸等等。」霍歆飛快往他手裡塞了一樣東西。

陳清禾低頭一看。

是一個用鈔票折的紅彤彤的心。

面上還寫了一句話——「十二月十三日，你的薪水喲。」

是他們在特價房裡徹夜歡愛的第一次。

陳清禾望著霍歆跟隻白兔似的跑遠的背影，幾乎與雪色融為一體。

這老婆，真他媽的可愛。

這次節目組企畫的軍旅專題，是電視臺的年終重點專案，跟拍時間長達一個月。霍歆在時間過半的時候，成功拿下陳清禾，在第三個星期，迎來了一個人。

陸悍驍從南方過來，飛機火車輪了個遍，趕著陳清禾半年一次的探親假，過來看兄弟了。當兵苦，基層更甚，沒有週末一說，半年一次假，三五天不等，很多家裡遠的，來回時間都不夠，索性就不回去了。

陳清禾帶上了霍歆，特地去鎮上為哥們接風洗塵。

陸悍驍一看他帶了女人，心裡就明白，這是他蓋了戳，認定了的。

「霍歆，我對象。」陳清禾介紹得直白簡單，一扭頭，頓時換了副凶面孔，「這都第三盤了，吃多了胃疼，不許再吃了！」

筷尖上挑了粒花生米，正欲往嘴裡送的霍歆，「吧」的一下閉緊了嘴。

在外人面前，可給他面子了。

男人們酒喝過了癮，霍歆還在桌上撲哧撲哧奮鬥呢。

陳清禾摸了摸她的腦袋，「乖，慢點，我去外頭抽根菸。」

霍歆點頭，「好呀。」

兩個男人一走，她就攤開右掌心，把先前藏好的一捧花生米，一口塞進了嘴裡。

北國的夜，一地的雪，天邊的月，光影皎皎。

陸悍驍幫他點燃菸，然後自己點上，頭兩口默默無言。

第三口時。

「過年回嗎？」陸悍驍問。

「不回，站崗。」陳清禾想也沒想。

「嘖，這可是第二年了啊。」

「回去礙人眼，我不在，老爺子命都能活長點，清靜。」話雖這麼說，默了幾秒，陳清禾還是忍不住，「我爺爺身體還好嗎？」

「來前我去看了他老人家，挺好。」陸悍驍不太適應這天寒的地方，冷得哆嗦牙齒，他又用力吸了口菸，看了陳清禾一眼，「還怪他呢？」

當年，陳清禾走得烈，陳自儼那也是強了幾十年的老祖宗，能容這孫子拿捏？

他打了招呼，一句話的事。

這也是陳清禾，為什麼表現出眾，卻始終不得提拔，兩年還是個小班長的原因。

磨著他呢。

陳清禾也硬氣，哪裡苦就往哪裡鑽，就是不服軟。

得了，就這樣耗著唄。

陸悍驍拍了拍他肩膀，轉了話題，問：「那女孩就是上次你讓我幫忙的人吧，定了？」

陳清禾「嗯」了聲，「招我喜歡。」

「行啊哥們，雪山之戀夠時髦啊。」陸悍驍又問，「她哪裡人？多大了？父母是幹什麼的？」

也不怪他多問，陳清禾這種出身和家庭，敏感著。

哪知陳清禾來了個一問三不知。

「不清楚。重要嗎？」

他咬著菸，天冷，煙氣薄薄一層從鼻間散出，跟一幀慢鏡頭似的。

然後輕描淡寫地「呵」了一聲，「老子喜歡就行。」

休息的這兩天，陳清禾帶著陸悍驍去他平日訓練的地方轉，「瞧見那四公尺高臺沒？我單臂支撐，單腳掛板，五秒鐘能上到頂頭。」

又帶他去看廣闊農田，「我在裡頭堆過草垛，挖過水渠。」

中午餓了，前後沒地方吃飯。陳清禾得心應手地從褲管側袋裡掏出匕首，兩下在地上挖了個坑，然後從襖子口袋裡變出兩個紅番薯。

「這東西，是你在花花世界吃不到的。」

時間過得快，陸悍驍第三天就撤了。

又過了一星期，節目組的錄製進度也完成了。

部隊有始有終，來時開了個歡迎會，別時，歡送會也沒落下。

在這待了一個月，工作人員都有了感情，感謝詞說得真心誠意，陳清禾坐在靠門的板凳上，看到霍歆低著腦袋。

他的小薔薇，蔫了。

會議室人多空間小，陳清禾什麼時候溜的大夥沒注意。

他走的時候，對霍歆遠遠使了個眼色。

兩人一前一後出來，陳清禾帶她翻牆，到了一處隱祕的窪地。

誰都無言，氣氛到了，男女之事就跟一把火一樣，轟聲燃燒。

兩人滾在乾枯稻草堆裡，上面還有薄薄的雪粒。霍歆裸著，被陳清禾抱著，瘋狂地吻著，揉著。

又冰，又熱，極致的矛盾感，帶來了極致的快感。

陳清禾用力地貫穿她，發了猛，霍歆一改嬌俏，沉默地受著、配合著、享受著。

她透過陳清禾起伏的身體，看到了雪山之間，高懸圓潤的北國明月。

月光雪山下。

是她的愛人啊。

最後的時刻，霍歆終於哼唧出了聲，陳清禾呼吸粗喘，趴在她身上。回了魂，霍歆開始嚎啕大哭，「我不想走。」

「乖。」陳清禾摸著她的背，聲音也啞了，「我放假就去看妳。」

「你半年才放一次假。」霍歆嗚咽，指甲摳著他硬實的肌理，「半年好久好久。」

陳清禾輕輕顫笑，「不會的，我答應妳。」

「那你能每天打電話給我嗎？」

「有紀律規定，只能週末外聯。」

「那我能打電話給你嗎？」

「可以，會有轉接的。」陳清禾頓了下，「不過，也不能太頻繁。」

「那我一二三打給你，週末你打給我，行嗎？」霍歆淚水糊了滿臉，望著他的時候，月光住進了她眼睛。

別離意味著異地。

陳清禾和霍歆就這麼開始了異地戀。

霍歆家在瀋陽，說遠不遠，說近也不近，靠著電話談情說愛。

『陳清禾你有沒有想我？』

『今天臺長表揚我了呢，說我拍的新聞照片特別好看。』

『你們的紀錄片後製已經做完啦，馬上就能在電視裡看到你了。』

陳清禾也是個能侃的，總能順著她的話題，旁支出一些抖機靈的笑話，讓霍歆樂得呼吸直顫。

農曆春節前。

霍歆在電話裡一如既往的活潑，嘰喳了半天，她聲音斂了斂。

『陳清禾。』

「嗯？」聽到她叫的時候，陳清禾還沉浸在剛才她說的趣事裡，嘴角彎著，「怎麼了？」

那頭頓了頓，霍歆才鼓起勇氣。

『你願意來見我父母嗎？』

陳清禾彎著的嘴角，凝滯住。

哎嘿！

見家長了。

『你答不答應呀？』他久不吭聲，霍歆急了，『說話嘛，陳清禾。』

「說什麼嘛？」陳清禾壞著呢，學她的調。

『你來不來嘛！』

「來哪？」

『我家？』

「妳家在哪？」

『陳清禾！』

陳清禾笑得夠欠揍，霍歆暴風雨將至，他風平浪靜，穩當當地應了聲，「上門提親，我當然要來的。」

霍歆『唔』了一聲，隔著電話，都能感覺到她的喜極而泣。

其實上次探親假，他只休了兩天，攢了三天以備不時之需。

現在天時地利，兩人把見家長的日子，定在小年。

日期越來越近，陳清禾卻發現了不對勁。

電話裡，霍歆連著幾次，興致不高，也不再主動提這件事，換做以前，那可是三句不離「我爸媽人特好」諸如種種。

陳清禾從小在大院長大，識人猜心的本事厲害得很。

「小薔薇，是不是妳爸媽不同意？」

霍歆的父母，都是瀋陽戰區第十六集團軍的要職長官，她還有個哥哥，軍校剛畢業，也到直屬機關謀了個好差事。

前景一片光明。

這丫頭，名副其實的軍二代。

霍歆父母聽說女兒交了個軍人，本來還挺高興，但暗裡一查，竟只是個野戰隊的小班長，瞬間就不樂意了。

霍歆和他們鬧，一己之力鬥得特別疲乏，但還是不讓陳清禾知道。

怕他多想，怕他傷心。

電話裡，霍歆先是哽咽，然後嗚咽，最後嚎啕大哭，還不忘打著嗝作保證，『陳清禾，我一定不會讓你受委屈的！』

陳清禾什麼都沒說。

十分平靜地應了一聲，「嗯。」

第二天，他向上頭打報告，申請了三天假期。

當天下午，陳清禾坐上了去瀋陽的火車。

凌晨兩點的瀋陽北站。

他是風雪夜歸人。

陳清禾住在建民旅館，第二天才打電話給霍歆。

霍歆不可置信，直嚷他騙人。

陳清禾就站在旅館窗戶旁，身後是瀋陽北站，他打開手機，把自己和車站放入取景框裡。

喏，嚓。

人生裡的第一張美顏自拍。

霍歆樂瘋了，電話裡傳來『碰咚』悶響。

陳清禾問：「房裡有人？」

『沒！是我從床上滾下來了！』

霍歆四十分鐘後趕了過來，見面就是一個深吻，陳清禾被她撞得往後退，「哎！門！門沒闕！」

兩個月不見，這一炮打得轟轟烈烈特持久。

兩人弄完事又洗了個澡，都接近午飯時間了。

霍歆興奮地帶著陳清禾去逛大瀋陽。

「上車呀！」

陳清禾看著門口這輛 Benz G500，愣了一下。

溜大街，吃美食，霍歆拉著他的手，全程不肯鬆。

下午四點，霍歆帶他回了自己家。

陳清禾準備一些特產，一身黑色常服，把他襯得玉樹臨風。尤以軍人的氣質加持，更是人群裡的頻頻回眸。

霍歆家住大院，幾道哨崗。

「這都是要登記車牌的，如果是外來的，還要……」

「還要填寫出入證，電話當事人，抵押身分證明。」陳清禾接了話，流利地說了出來。

霍歆「咦」了一聲，側頭看他。

陳清禾笑得淡，「書上看的。」

北方軍區大院和他們那邊沒太大差別，格局大致相同，恍然間，陳清禾覺得自己歸了家。

霍歆停好車。

陳清禾對她說：「妳先進去，跟妳父母打個招呼，實在不行的話——」

霍歆看著他，目光筆直。

陳清禾攏了攏她耳朵邊的碎髮，笑，「我就破門而入。」

霍歆莞爾雀躍，「好嘞！等我一下。」

看她背影消失在樓梯間，陳清禾閒適地靠著車門，低頭想點菸。

菸沒點著，就聽到一道響亮的男聲。

「喲呵，瞧瞧這是誰啊！」

陳清禾皺眉，這語氣不友善，且莫名熟悉，深遠的記憶勾搭著撲過來，和某個點串連成線，陳清禾循聲而望。

幾公尺之遠，一身量高大的同齡男性，對他陰惻惻地笑。

兩年多不見，討厭的人，還是一如既往的討厭。

晏飛。

是當年在軍校，被陳清禾兩度開瓢，也是直接導致他離家參軍的老仇人，晏飛。

「哦！」晏飛一陣陰陽怪調的尾音，不屑地將他上下打量，「原來，讓我妹和家裡鬧得死去活來的人，是你啊。」

陳清禾表情尚算平靜，指尖的菸身，被他不動聲色地捏凹了。

他也笑，看起來客氣，實則寒森。

「霍歆是你哪位表妹啊？」

晏飛聽了大笑話，哈哈兩聲，然後玩味，故意，「她是我親妹妹。」

一個隨父姓，一個隨母姓。

就是這麼天意巧合。

晏飛是個不入流的二浪子，記仇小氣且多疑，這麼多年，對被陳清禾開了兩次腦袋的事恨之入骨。

他向前幾步，挑釁道，「當初在學校你風頭很盛啊，怎麼，混了這麼多年，還是個小班長？需不需要我幫你打聲招呼？」

陳清禾冷笑一聲，「省了，還是管好你自己的腦袋吧，怎麼，傷口都好了？」

晏飛當場變臉，靠了一聲，抓起地上的磚頭就幹了過來。

陳清禾是練家子，體格招式遠在他之上，起先，晏飛還能扛幾招，隨著動靜越來越大，出來看的人越來越多，他便悄悄收了力氣，肚皮一挺，把自己送給了陳清禾的拳頭。

晏飛倒地，塵土飛揚地滾了兩圈。

「哎喲！哎喲！」

他被揍的這一幕，恰好被剛下樓的霍歆看見。

她身後，還有她的父母。

他們嚴厲的臉色，更添了幾分霜降的寒冷。

陳清禾的拳頭舉在半空，瞬間頹了。

他知道。

這戲，完了。

不顧霍歆的泣聲挽留，陳清禾走得頭也不回。

本來這事，警務兵是要逮捕他的，但霍歆厲聲威脅她父母，「誰敢！」

於是，沒人敢動彈，任憑陳清禾走出了大院。

出了這扇門，也就別想再進來了。

霍歆瘋狂地打電話給陳清禾，去建民旅館堵人，但陳清禾反偵察能力強，早就換了地方。

瀋陽是她從小生長的地方，再熟悉不過。

但此刻，宛若陌生迷宮，她找不到了陳清禾。

霍歆開始聲淚俱下地傳訊息給他，十幾則一起震。

『我們坐下來好好談，你別走行嗎？』

『你跟我哥有什麼過節，為什麼要打架呢？』

『打就打吧，你能別不理我嗎？』

『陳清禾，你不要我了嗎。』

後來呢？

後來啊，據旅館老闆回憶，那晚十一點的時候，三〇二的陳姓客人，滿臉期待，高高興興地出了門。

兩個小時後，他竟然滿身傷地回來了。

凌晨四點。

輾側難眠的霍歆，收到了一則訊息。

陳清禾傳的。

『不管妳騙我，是有心還是無意，我都沒法過去這道坎。小薔薇，我們算了吧。』

他字裡行間，都是貨真價實的傷心。

霍歆知道，這男人從來都是言出必行。

陳清禾第二天就返回部隊，手機上交，恰好上級命令，野戰隊提前開啟獵人集訓。地點是大興安嶺，真正的與世隔絕。

這一走，就是兩個月。

霍歆又去原來駐地，找過他一次，自然撲了空。

當時她碰上的，是駐守大門的執勤警衛兵，這小兵是新來的，對陳清禾的情況並不是很瞭解。他答非所問，被有心的霍歆一聽，就覺得是被陳清禾指使，不想見她的藉口而已。

霍歆傷了心，也就糊裡糊塗地回了瀋陽。

當初陳清禾傳給她的分手訊息——『我沒法過去這道坎。』

她至今都想不明白，自己也不是故意隱瞞她哥哥叫晏飛，她也從不知道兩人間的過節。

這怎麼就成了，不可饒恕的坎了呢？

鬱悶轉為怨念，怨念久了，又都成了恨。

獵人集訓殘酷至極。

步坦協同，交替掩護，武裝十公里，戰鬥負荷每天都是二時公斤以上，野外求生項目裡，陳清禾在執行一項叢林搜索任務時，滾下了五公尺高的陡峭山坡，大冬天的，直接落到下邊的深潭裡。

差點就掛了。

死去又活來不知多少次，陳清禾以全隊第一的成績，完成集訓。

兩個月後再回駐地，他終於忍不住去問了，有沒有人來找過他。

沒有。

記錄上，一次都沒有。

陳清禾想著，不就是個插曲嗎，誰還過不去了。

日子如水流。

這兩年，陳清禾從哈爾濱戰區調至七九二步兵師，又因出色表現，提拔至陸航直升機團。繞了地圖大半圈，守衛國界。

二〇一四年元旦，陳清禾光榮退伍，趕在農曆春節回到上海。

走前的最後一晚，陳清禾拿回手機，下載了幾個時下軟體，在登錄聊天軟體時，他手一抖，鬼使神差地點了「添加朋友」，然後按下一串電話號碼。

搜尋結果彈出：頭貼是朵水彩的粉色薔薇花。

地區：遼寧瀋陽。

相簿是對陌生人可見十則動態。

陳清禾點進去。

最新的一篇是二〇一二年一月，兩行文字——

『今天臺裡新年聚餐，挽香的服務還是那麼好。小趙說這道菜是鹹的，李小強說那道菜是甜的。可我嚐不出，你不在，什麼都是苦的。』

此後，再無更新。

陳清禾關了手機，閉上眼睛，好像聞到了記憶沸騰的味道。

像是滾開的水，咕嚕冒著泡，一個個熱烈洶湧地往上竄，氣泡升上了天，又一個個爭先恐後地爆炸。

那濺開的水汽，在空氣裡蒙出一個景象——

白皚皚的月光雪山。

有薔薇，在開。

陳清禾是在二〇一四年重回故里。

一身筆挺軍裝，兩個二等功，三個三等功，對得起衣錦還鄉這個詞。

大院和他走的那年差別不大，就大門翻新了幾處，站崗的人也換了，讓陳清禾微微恍然。

到家的時候，聞風而動的陳家親友都趕了來。一是接風洗塵，二是撮合他和老爺子的關係。

二嬸問到軍營生活時，陳清禾說得那叫一個眉飛色舞。

「那麼大的洪水，我拿根繩子就扎進去了，人？人當然救回來了！」

「野外生存時，猜猜看我碰到了什麼？沒錯，真狼，眼睛冒綠光。」

陳清禾隨便挑了幾件事，把眾人聽得倒吸氣。

也不知是誰喊了一聲，「大伯。」

陳自儼自樓梯下來，他一出現，小輩們自覺閉了嘴。

陳清禾回頭瞄了一眼，又輕飄飄地移開，面不改色地繼續說著豐功偉業。

「還有去年的邊境，我們那隊可是……」

陳自儼不輕不重地哼了一聲，不屑道：「小兒科。」

陳清禾也「呵」了聲，牙齒利著，「行啊，挑你隊伍裡隨便一個誰，跟我幹一架，看究竟是誰小兒科。」

這劍拔弩張的氣氛，還和從前一樣。

二嬸拉了拉陳清禾的手臂，「欸，忍忍啊。」

陳自儼沒生氣，故意走到陳清禾面前，閒適地往籐椅上一坐，欸嘿，悠哉地喝起了碧螺春。

陳清禾眉一挑，把剩下的驚險事說完，把這群小崽子們唬得一愣一愣的。

聽起來爽利，但那些受過的苦，挨過的傷，出生入死多少回，全都是他真槍實彈經歷過的。

一旁的陳自儼，事不關心地品著茶，其實呢，耳朵豎得比誰都高。

當聽到陳清禾在大興安嶺，從雪坡上滾落寒潭時，老司令這枯褶的手，差點把杯耳捏碎。

當年那個不可一世的搗蛋鬼，黑了、結實了，也比以前更狂了。

陳自儼目光落到他的後腦勺上，黑呦短髮間若隱若現的疤痕，還是那麼明顯。

這孩子，雖然討厭，但將門之風，勝於藍啊。

接風宴上，陳清禾那酒量叫一個敞亮，氣氛熱烈得很。

同輩們正熱鬧，主位上的陳自儼，突然把自己剛盛的湯，默默推到了陳清禾面前。

然後不著一詞，起身，走了。

魚湯濃白，熱氣還新鮮。

親友們自覺安靜，你看我，我看你，最後看向陳清禾。

陳清禾默了幾秒，突然端起碗，仰頭一口喝完，瓷碗倒扣，對著爺爺的背影大聲——

「好喝！」

也不知是誰帶頭鼓起了掌，接二連三，聲響掀天。

大夥明白，這爺孫倆，有戲了。

陳清禾回來後，大院裡的青梅竹馬都幫他攢聚接風，可能年齡長了，對這熱鬧不熱衷了，把時間一調和，弄了個大一點的飯局，所有人聚聚就算完事。

「陳哥，我們這群人裡頭，你是最硬氣的一個，不帶半點泥水。」一個人喝多，開始吐真言，「你是真大爺。」

陳清禾笑笑，「謝您嘞。」

聊完往昔，就聊如今。陳清禾問：「彙報一下你們的近況吧。」

「老五出國進修了，號子幹後勤去了，燕兒最厲害，從那什麼生物工程畢業後，你猜怎麼了？嘿！當模特兒去了，還演了兩部電視劇呢。」

陳清禾問：「厲坤和迎晨呢？」

「厲哥滿世界跑，據說，上個月去了阿富汗執行任務。」

這哥們拇指豎起，對厲坤也是打心眼的服氣，他又嘆了一口氣。

「晨丫頭在杭州，是他們總部的一個分公司，上那當高管去了。這兩人，唉。」

山南水北，也是兩個角色啊。

話不用說滿，這群孩子裡，個個都有故事。

陳清禾沒再問。

他悶頭喝了一口酒，自己不過走了四年，怎麼就有恍若隔世的感覺了呢。

休息了一天，陳清禾就去工作崗位報到了。

警衛部不是個閒散部門，尤其碰上各種會議，一天立在外面，水都沒空喝一口。陳清禾完全可以借著家裡的關係，去更輕鬆的地方，但他克己有度，不借助關係，從基層做起。

這一做，就是三年。

三年時間能修復很多事情。

和爺爺的關係雖然還不夠軟和，但已然不是仇人了。

陳清禾是個適應力極強的人，艱苦野外死不了，回到花花世界，也能玩得嗨。和陸悍驍他們每週聚幾次，打牌吃朝天椒，輸的喝礦泉水，都是抖機靈的人，玩得那叫一個如魚得水。

正經起來，站崗執勤，軍裝上身，又是一條硬漢。

只是偶爾夜深人靜時，陳清禾翻看以前當兵時的照片。

規整的床鋪，小戰士純真熾熱的笑容，還有北國的雪山和月亮。

陳清禾一閉眼。

月光雪山下，就開出了一朵薔薇花。

花開的時候，他就失眠，一失眠，就鬼使神差地去冰箱找水果吃。

還非水蜜桃不吃。

蜜桃在他嘴裡汁水四濺的時候，陳清禾又會神游四海——她已經是別人的小薔薇了吧。

如果再見面……

「靠，亂想什麼呢！」陳清禾搖了搖腦袋，甩手抽了自己一巴掌。

這又不是八點檔言情電視劇。

哪有那麼多如果。

但沒想到的是，這個「如果」還真的結了果。

他哥們陸悍驍和他老婆，經過不少波折之後，終於將要修成正果。

明天去登記，所以今晚弄了個單身派對，也就是隨便宰的意思。

吃完飯又去唱歌，陳清禾和他在窗戶邊抽菸過著風，也不知怎的，就聊起了男人心事，最後落在了感情問題上。

和小薔薇的故事，陸悍驍是清楚的，他問：「如果再碰上她，你會怎麼做？」

陳清禾嘴硬著，氣也沒消，說：「我要把她心給挖出來看看，是不是黑的！」

這當然是氣話，氣話的最大特點就是不夠狠。

陳清禾狠不起來。

沉默了。

其實最想做的，還是掏心挖肺地問問她，為什麼當年要跟晏飛一起騙他。

那麼多美好回憶，真的只是為報復做鋪墊嗎？

陳清禾不想相信，但那一晚的所見太真實，倒不是因為他被晏飛往死裡打，而是他忘不掉晏飛當場打給霍歆的那通電話。

突然，陸悍驍一聲「我的天」，把陳清禾從回憶裡拉了回來。

他皺眉，「鬼叫什麼呢？」

然後順著他的目光往窗外看，這一看，他頭皮都炸了。

陸悍驍還特地揉了揉眼睛，「那，那不是小薔薇嗎！」

話未說完，陳清禾熱血直衝天靈蓋，反射一般，手撐著窗臺，雙腳跳躍，跨過一公尺高的臺子，直接跳了下去。

「靠！這是二樓！」陸悍驍嚇得一身冷汗。

而陳清禾的背影，早就如霹靂閃電，往不遠處的報刊亭狂奔了。

「礦泉水多少錢？」

「兩塊。」

「這個呢？」

「三塊。」

問完了，霍歆拿了一瓶水，「給你錢。」

零錢還沒到老闆手上，就被一股大力扯住，霍歆「哎呀」一聲，水和錢都掉到了地上。

水瓶滾了兩三圈，在一雙黑色皮鞋前，停住了。

霍歆起先是不可置信，然後皺眉，眼神就這麼風起，又歸於平靜。

陳清禾有點喘，抓著她的手，那力量，發自內心。

霍歆掙了掙，倔強地和他對視。

四目相接，有火花在閃。

她好像長高了，哦不，是穿著一雙高跟鞋。白淨的臉上眼圓鼻挺，比以前更精緻了。陳清禾巡視的目光，看得霍歆很不爽。

她揚起下巴，第一句話就是——

「你誰啊！」

這無所謂又嫌棄的語氣，在陳清禾心頭燒了一把無名火。

他又煩躁又暴怒，某一處地方潰不成軍，這把火，燒出了他的委屈。

他不說話，只是把她抓得更緊。

霍歆是真的疼，越發用力掙扎，掙到後頭，索性對陳清禾拳打腳踢。

行人不斷側目，開始議論紛紛。

陳清禾覺得面子過不去，低聲喝斥她，「霍歆！」

霍歆扯著嗓子，委屈害怕，梨花帶雨地開始哭訴，「救命啊，我不認識他，他要拐我上車呢！」

三言兩語就挑撥起人民群眾的正義心。

好傢伙，陳清禾被群起攻之，被「好心人」按倒在地，也不知誰吼道：「已經報警了，這裡有個人口販子！」

陳清禾：「靠！」

「受害人」霍歆，悄無聲息地往後退，腳底抹油，一溜煙地跑了。

跑前那狡黠挑釁的目光，和當年一模一樣。

陳清禾憤怒雖在，但也不知怎麼的，看到她熟悉的眼神，竟莫名軟了心。

這一句話鬧的他陳大爺深夜進局子。

證實是場烏龍後，還是陸悍驍幫忙辦的手續，把人弄了出來。

呵。

小薔薇教你學做人。

強。

陳清禾一大老爺們，三番兩次栽在同一朵花身上，簡直委屈。

到家已是凌晨，他卻跟打了雞血似的，上躥下跳精神抖擻，一下擺弄杠鈴，一下玩著臂力器，不過癮，乾脆往地上一趴，做起了單手伏地挺身。

連著做了一百個，越做越來神，起身開始凌空跳高。

陳清禾把自己的反常行為，歸結於生氣。

但弄了一身汗出來後，他躺在地上，盯著天花板，浮現的全是霍歆那張越來越好看的臉。

自此，陳清禾終於明白。

是因為高興。

這一晚什麼時候睡的不知道，反正第二天醒的特別早。

去部裡上班，今天不用外派，稍清閒。下班前，一同事喊住他，「清禾，下班別走啊。」

「幹什麼？」

「嗨你這人，記性呢？」同事提醒道：「忘啦？上次讓你作陪的。」

陳清禾想起來了，是有這麼回事。

這哥們要去相親，讓他做個陪，壯壯膽。

得嘞，今天就拿次好人卡吧。

居香小築，一個小清新風格的飯館。

大男人還挺細心，按著女孩的喜好選，陳清禾侃他，「臨檢時，抽到副處長兒子的車，你公事公辦的狠勁哪去了？」

「是是是，緊張、緊張、緊張。」同事嘿嘿笑道，目光越過他肩膀，頓時收斂，「來了來了。」

陳清禾回頭一看。

一身花色連衣裙，戴副眼鏡顯文靜，不錯啊。

隨著相親對象走近，繞過觀景盆栽時，她身後的人也露了臉。

陳清禾愣住，看了幾眼確認後，暗罵了一聲，「我靠。」

露肩短裙，超細高跟，身條標正，可不就是霍歆嗎。

霍歆看到他，驚訝的表情不比他少。

巧了。

兩人都是各自作陪來了。

這相親宴，各懷心事，尷尬著呢。

吃到一半，霍歆笑著說去洗手間。人走沒十秒鐘，陳清禾也起身去了。

霍歆走得慢，故意在等誰似的。

陳清禾擺出一副面癱臉，「麻煩讓一下。」

霍歆不甘示弱，「我攔你了嗎？」

陳清禾：「妳擋路中間了。」

霍歆說：「那邊也能過。」

兩人僵持著，誰也不讓誰。

霍歆下巴揚著，氣勢可不比一八五的陳清禾弱。

對視了一番，陳清禾冷哼一聲，不屑極了。

霍歆被他這態度弄得不爽，「你哼什麼呀，只有豬才會哼來哼去。」

陳清禾突然伸腿，勾住她的腳踝，同時手擒住她的肩膀，稍微一用力，霍歆就被他弄得往後倒。

當然，地沒倒成。

而是倒在了他雙的臂上。

陳清禾聲音降了溫，落在她耳朵邊，「妳再牙尖嘴利，我就！」

「就幹什麼？」霍歆側頭，看他，那眼神毫不認輸，她彎起嘴角，放鬆力氣，故意往他懷裡靠。

那細腰，只是在他手臂上輕輕蹭著，陳清禾就快發了瘋。

霍歆動了動肩，帶動整個身子磨蹭了他的胸懷。

感覺到男人的僵硬，霍歆得意的眼神就跟小狐狸一模一樣。

「陳清禾，你遜斃了。」

陳清禾瞇起雙眼，然後換了個招式，鉗住霍歆的雙手掐在掌心裡，她一不老實，他就掐她的經，又麻又疼，霍歆只能就範跟著他進了電梯，到了停車場。

陳清禾的車是一輛 G500，寬敞，狂野。

他把霍歆推到後座，插腰看著她，憤言：「信不信我把妳賣了！」

霍歆怒目圓瞪，脫了高跟鞋拿在手上，撲過去朝著他身上打。

「陳清禾你王八蛋！你渣男！你不要臉！你莫名其妙！你！」

霍歆不說了，臉都氣紅了，她整個人幾乎黏在陳清禾身上，熟悉的味道鋪天蓋地而來，霍歆雙腿纏住他的腰，嘴唇湊了上去。

陳清禾把她壓回車座，「碰」的一聲，關緊車門，上了鎖。

兩個人在狹小的空間裡，廝殺，纏繞。

霍歆扒開陳清禾的衣服，逮住他的兩個肉點，使勁啜咬。陳清禾當然得報仇，兩下撕開她的裙子，解開內衣釦，雪白的胸口高聳輕彈，那上頭紋著的薔薇花。

一如當年。

他吸得霍歆哭著喊疼。

「疼就對了！」

因為妳讓老子當年比這疼一百倍。

陳清禾弄完左邊弄右邊，手也沒閒著，解開皮帶，頂了進去。

這一下太滿，霍歆連哭聲都啞在了嗓子眼。

陳清禾終於溫柔了，埋在她臉邊，顫著聲音，喊她，「小薔薇，哥把命給妳，好嗎？」

大汗淋漓之後，兩人靠在一起，靜默地聽著彼此的呼吸和心跳。

有好多話想問，但又不知道怎麼問，或者，是根本就不敢問。

從哈爾濱到上海，這麼多年過去了。

妳還在電視臺幹著嗎？

這麼漂亮的妳，有男朋友了嗎？

為什麼會來這，是來玩的嗎？

當年的月光雪山，妳還記得嗎？

還有，妳為什麼要幫妳哥騙我？

算了，不重要了。

陳清禾閉上眼睛，心頭糊成一片。

他最想問的是。

小薔薇，妳還愛我嗎？

過了五分鐘，霍歆身上難受，吃力地坐直了穿衣服。

但當她拎起自己的裙子時——

陳清禾聲音淡，「別穿了，我買新的給妳。」

那件漂亮的露肩裙，剛才被陳清禾撕爛了。

霍歆垂眸，負著氣，「哼，野蠻。」

陳清禾樂了，挑眉，學她剛才在走廊上的話，一字不差地奉還，「妳哼什麼呀，只有豬才會哼來哼去。」

「……」

霍歆怒得一腳踢上他的腹肌。

陳清禾哪能這麼容易被一個女人拿住，手掌快如閃電，輕鬆捉住了她細白的腳踝。

這姿勢，霍歆呈現一個扭曲的M型。

陳清禾目光落在她腿間，表情痞氣，不懷好意。

「嗯，買完衣服，再去幫妳買點消腫藥。」

霍歆臉色緋紅。

撕開面具，終於還是當年雪山下的那個小女孩了。

陳清禾心動了動，放開她，又無聲地將自己的T恤套在她頭上。

他的T恤大，可以當裙子穿，霍歆小小一隻，惹人憐愛得不得了。

車子駛出停車場，上了大道直奔商場。

霍歆在車裡等，來回半小時，陳清禾提了滿手的紙袋，返回車上。

「給。」他把東西塞給她。

霍歆隨便瞄了一眼，從裡到外，一應俱全。

胸罩的尺碼……他媽的精準。

而這黑色蕾絲樣式……陳清禾的特殊嗜好，還是沒有變。

霍歆微紅了臉。

陳清禾問了她住哪，然後發車，面無表情地轉動方向盤。

廣電附近的文君竹，是電視臺的協議酒店。

到了，車停了好久，霍歆不動，陳清禾也不催。

時間的走速仿若靜止。

忘，忘而猶記。

離，離而不去。

這種矛盾感讓陳清禾十分難受。

終於，他忍不住地說：「霍歆，妳說，我們還有可能嗎？」

聽到這句話，霍歆徘徊在臨界點的眼淚，就這麼淌了下來。

她委屈抬頭，問：「當年，你為什麼要和我分手？只是因為我沒告訴你我哥哥就是晏飛嗎？可我也不知道你們之間的矛盾啊。」

「只是因為？」陳清禾重複這四個字，語氣難免落了兩分重量，「當年妳傳了那個簡訊給我，說妳、說妳……」

他不忍再提，咬著牙帶過去，「然後我高高興興地去找妳，結果妳只是幫妳哥，把我騙出來而已。我挨的打再多，再嚴重，都……」

「等等。」霍歆幾乎不可置信，「你說什麼？簡訊？我沒有傳過簡訊給你啊。」

陳清禾手一頓，轉過頭，撞上了霍歆懵懂無助的眼神。

當年。

陳清禾和晏飛這對冤家狹路相逢時，幹了一架狠的。晏飛這人壞水多，先把聲勢鬧大，等圍觀的人一聚起來，他就裝弱勢，故意送上去讓陳清禾打。

霍歆父母對陳清禾的印象本就岌岌可危，這一下，直接判了死刑。

沒戲了。

陳清禾是個烈性子，他可以為霍歆受委屈，但這份委屈也只能是霍歆給的。別的人，想都別想。

陳清禾血氣方剛，是個有脾氣的爺們，躁勁上頭，也是需要冷靜降溫的人。

他回了建民旅館，退了房，到隔壁街上重新開了一間，然後悶頭睡大覺。

睡不著，煩。

閉上眼，一下子是小薔薇的臉，一下子又是晏飛囂張的模樣。

睜開眼，都成了一片茫然。

陳清禾想到沒多久前，何正那小戰士跟自己閒聊。

在隊裡，他們關係最好，何正來自遠地方，家裡窮，一畝三分地留給子子孫孫，他算是走出來的，雖然到的這地方也不比家裡好。

陳清禾拿他當弟弟，沒什麼太多隱瞞，何正知道他和霍歆的事。

「哥，你喜歡霍歆姐什麼？」

「真。」

「那她喜歡你什麼？」

「爺們。」

「哈哈。」何正可樂了，「霍歆姐是瀋陽人，離你那遠嗎？」

「南邊北邊，當然遠。」

何正一聽，瞪大眼，「哥，你要當上門女婿了啊！」

「去你的。」陳清禾笑著說：「我娶得起她。」

「霍歆姐真好。」何正撓撓頭，指頭上都是凍出來的凍瘡。他說：「我們在這裡不知道要待多久，她還願意等你，挺好的。」

野戰隊不比普通軍人，臨時受命那是經常的事，說不定哪天就差遣去荒無人煙的大森林裡搞野外生存。少則十天半月不見人，多則兩個月沒通訊。

就像人間蒸發了一樣。

何正憧憬了一下，「以後我也要找個霍歆姐這樣的老婆。」

陳清禾踹了他一腳，「行啊，改天我問問她，看家裡還有沒有堂妹、表妹。」

何正淳樸，陳清禾語氣稍一正經，他就緊張地退縮了。

「哥，你鬧我呢！」

陳清禾敞懷大笑，伸手就是一招擒拿，「小子，還臉紅了。」

雖然是番閒談，但何正有些意思還是在理。

一個瀋陽，一個上海，遠著呢。

一個隨時待命出生入死，一個活在多姿多彩的世界裡。未知多著呢。

現在又出現霍歆她哥哥這檔事，所有過往的擔憂和障礙，悉數冒了出來，跟荊棘刺似的，扎得人渾身疼。

而手機裡，霍歆這女孩，打電話給他，陳清禾接了，通後，誰都沒說話，最後是霍歆小聲的啜泣，問他：『你為什麼打我哥啊？』

說真的，這話也是無意識、不知情下，反射一樣的反應。

但在陳清禾聽來，就覺得霍歆是站在她哥那一邊的。

可不是嗎，親兄妹，他算老幾啊。

於是，好不容易緩和點的心，又一下子燥起來了。

後面的交談不太愉快，霍歆畢竟也是嬌生慣養長大的，凶了陳清禾幾句狠話。不歡而散。

到了晚上十一點，陳清禾收到一則霍歆「主動」求和的簡訊。

短信內容也確實讓人無法不原諒。

『陳清禾你個混蛋，你是不是想當不負責任的男人？』

這句倒是很霍歆。

情侶間哪有不吵架的，這事確實突然，陳清禾一時沒辦法接受。

他剛準備回覆。

霍歆的簡訊又來了。

『大的你不要，小的你也不要了嗎？』

陳清禾當場頭皮一炸。

把這則簡訊來回看了五六遍。

小的？是他想的那個小的嗎？

像是踩準了他的心理節奏，手機一震。

『你出來好不好嘛，我已經跟我爸媽坦白了，你來跟我一起面對呀。』

陳清禾就覺得，不能讓小薔薇受這份委屈，於是披上衣服，跑了出去。

瀋陽冰冷的夜啊，他拔足狂奔，攔了輛計程車。

「去細河八北街！」

那頭剛傳完訊息的手機微燙。

晏飛將簡訊全部刪除，悄無聲息地放回了桌上繼續充電。

然後走出霍歆的房間，打了個電話。

「人都到齊了嗎？」

陳清禾趕過去，迎接他的是一頓棍棒。

這可是晏飛的地盤，真正的仗勢欺人。數年前軍校的一幕彷彿重新演繹，只不過這一次，陳清禾沒那麼容易好過了。

「我讓你狂！在學校不是很威風嗎？啊？」

「當了幾年兵還是個破班長，丟不丟人啊你！」

「就你，喜歡我妹？想得美！你爺爺是司令怎麼了？我就不告訴我爸媽！」

陳清禾抱頭，忍著如雨下的拳打腳踢，鼻腔裡有了血腥味。

他一雙眼睛，狠狠瞪著晏飛，說了兩個字，「垃圾。」

「幹！」晏飛抓著他的衣領往牆上推，呵聲笑道，「你還挺好上鉤啊！」

陳清禾冷了眼，「你什麼意思？」

「我妹勾勾手，你就乖乖來了，怎麼？你是狗嗎？」

晏飛欣賞著陳清禾的表情，更來勁了，「不信？我讓你心服口服！」

他一抬下巴，旁邊的人就過來按住陳清禾。

晏飛退了兩步，摸出手機，慢條斯理地撥號碼。

長嘟音，每一聲都像是凌遲。

『喂？』那頭接了。小薔薇。

「歆兒，謝了啊。」

『沒事。哥，人到了嗎？』

「到了，好著呢。」

『嗯，那就好。』

霍歆的聲音聽起來懶散無力，在陳清禾聽來，就是早就知曉的淡定和無所謂。

不用長篇大論，幾個字的對話，就能揣摩出前因後果了。

陳清禾閉上了眼睛，後來挨打的時候，聯手都懶得還。

凌晨兩點，他佝著背，一身傷地遊蕩回了旅館。

再後來，他和霍歆分手。

而在霍歆看來，陳清禾是莫名其妙單方面分的手。

兩個人都恨著對方呢，這麼多年了，一想起，就是一條跨不過的鴻溝。

一根菸燃盡。

陳清禾撚熄菸頭，關上車窗，回過頭。「我說完了。」

霍歆愣著的神情，半天都沒反應過來。

陳清禾不放心地看了她一眼，心底也焦躁著，不知如何是好。

他剛準備再抽一根菸。

後座的霍歆，突然嚎啕大哭起來。

陳清禾摸菸的動作停頓，「霍歆？」

「那些簡訊不是我傳的。我哥讓我幫他去接兩個同學，他說他在加班開會走不開。我想著沒多遠，就開車去了，從我們家附近送回學校，來回也就二十分鐘。」

陳清禾腦子白了片刻，耳朵裡都是嗡嗡的聲音。

而後座的霍歆，哭聲漸小，扒著椅背，踩著墊子，竟直接跨到他身上。她兩條腿張開，T恤往上堆起，雪白的大腿上還有剛才歡愛留下的痕印。

霍歆摟住陳清禾的脖頸，和他腦門抵腦門。

一顆餘淚順著眼角往下，凝在鼻尖上。一抖，淚落，在陳清禾的嘴唇上暈開。

陳清禾下意識地抿了抿。

是苦的。

霍歆神色哀戚地望著他，嘴一癟，又哭了出來。

嗚咽斷續，一時也聽不清說的是什麼。

陳清禾環著她的腰，手心一下一下安撫她，低喃，「乖啊，小薔薇。」

「我們不該是這樣的。」霍歆抱緊了他，「陳清禾，我們不該是這樣的。」

陳清禾沒說話，但那掌心像是要燒出火來。

霍歆是個性格直爽的女人，從她對陳清禾的一命之恩念念不忘起，這一切就像是註定一般。

眼眶的淚水沸騰，霍歆小聲問：「你還要我嗎？」

陳清禾薄唇緊抿。

「你還要我嗎？」她的勇氣永遠這麼明豔，第一遍要不到結果，那就第二遍、第三遍，千千萬萬遍。

這一次的等待沒有太久。

陳清禾把她一推，狂風暴雨一般，掠奪著她的吻。

那股力道，是憋了太久的，終得以釋放的。

這在酒店門口，來往人多，霍歆羞澀了，舌頭被他捲著，含糊地抗議，「停下來啊，好多人會看的。」

陳清禾威脅她，「不親？不親我就不要妳了。」

霍歆一聽，把舌頭主動伸進他嘴裡。

「唔……」

那年分手後，霍歆在電視臺工作了兩年，女孩大了，家裡就開始為姻緣操心了。

父母職位顯眼，家庭條件擺在那，介紹的對象也都是百裡挑一的男士。

霍歆這人教養好，明豔豔跟朵花似的，別人說話，她禮貌地聽，那認真模樣，看起來就像個小太陽，招人喜愛。

有很多男士對她表示過好感，開著超跑滿瀋陽城的追她，父母也開始明著催促。但霍歆就是不為所動。

相親，好，去。

結果，沒有。

霍母拿她沒轍，「歆歆，妳到底喜歡什麼樣的？爸媽照著找，好嗎？」

霍歆窩在沙發上，盤腿嗑著瓜子，笑嘻嘻地指著電視，「就他那樣的！」

電視裡正在放一部港片電影，男主正是吳彥祖呢。

霍母哭笑不得，數落她幾句，都被她的笑臉推了回來。

再後來，她回到自己臥室，門一關，人就頹了。

霍歆拉開抽屜，拿出最底層的一本中號相冊，打開，一頁頁，貼的全是那年在哈爾濱的軍旅照片。

陳清禾光著膀子在冰河裡冬泳。

陳清禾渾身滾著光，在雪地裡做引體向上。

陳清禾在門口執勤站崗，背脊挺直的模樣。

最後一張，是夜色裡的延綿雪山，天上的月亮和它作著伴……

花了十幾分鐘，霍歆把她這幾年的生活交待完畢。

她躺在陳清禾懷裡，指尖玩著他的胸口肉。

「我說完了，該你了。」

陳清禾「嗯」了聲，「我？」

「有沒有交往女孩子？有沒有和女人睡覺？有沒有……」

「沒有。」陳清禾直接打斷她，撂話，「單著呢。」

「我不信。」霍歆佯裝生氣，但眉眼的顏色，是活潑欣喜的。

「呵呵。」陳清禾摸了摸她的臉，「為什麼不信？我要是真的有人，剛才的第二炮還能打得那麼猛？」

他的手不老實地往下滑，掐著某個點輕輕一掐，霍歆就化成了一灘水，賴在他懷裡，老實了。

陳清禾問：「怎麼會來上海？」

「我從臺裡辭職了，全國旅遊到處散心呢。」霍歆欲蓋彌彰地補一句，「別多想啊，我可不是為你特地來的。」

陳清禾胸腔微震，笑的。

「你笑什麼啊！」霍歆撐起身子，不滿意地說，「陳清禾，你就是個痞子。」

「這就痞了？」陳清禾挑眉，「我飛揚跋扈的時候，妳還沒見識過呢。」

兩人在極短的時間裡，重溫舊夢了兩回。

回回醉生夢死，不捨抽身。

拉開酒店窗簾，城市已經夜幕降臨。

陳清禾帶著霍歆到了，他那群哥們早就來齊了。

包廂裡熱鬧，酒瓶杯子全都滿上，歌也點了一長串，氣氛熱鬧得不行。

陳清禾攬著霍歆，大方介紹，「霍歆，我老婆！」

「我去，清禾，你什麼時候有了老婆啊？」

「就剛剛，門口撿的。」陳清禾笑道，把霍歆往自己懷裡摟得更緊。

一片噓聲，「切！」

還有人說：「我走了，現在就去大門口，也撿一個試試。」

眾人哄笑，又慫恿，「清禾，喝酒！今天你別想豎著回去！」

「好啊，反正我有老婆開車。」陳清禾從不廢話，高興全都寫在臉上，擼起衣袖，端起啤酒，仰頭一口乾完。

連著喝了三杯，陳清禾大氣不喘地把空杯晃了晃，「各位兄弟，以後我老婆在街上橫衝直撞，還望大夥多照顧。」

都是爽快人，接二連三，「放心吧！必須的！」

一旁化身小白兔的霍歆，拉了拉陳清禾的手臂，嗔怪道，「你才橫衝直撞呢，我又不是螃蟹。」

「啊，對，說錯了，妳不是螃蟹。」陳清禾低頭，氣息混著酒氣，撲進她耳朵，「妳是母老虎，張牙舞爪，剛剛還把我背上撓的都是印子呢。」

霍歆臉紅，幸虧是吵鬧的KTV，真是不害臊。

陳清禾這二話不說，直接帶人見兄弟的舉動，是打心底認定霍歆了。

兩人之間誤會了這麼多年，浪費了這麼多心意。

他不想再拖欠，也不想再錯過。

第二天，陳清禾就帶著霍歆回了大院。

起先他還瞞著，但當霍歆看到那熟悉的崗哨亭時，心裡便已明白了九分。

都是混過軍人大院的孩子王，這點架勢，心知肚明。

陳清禾開著他的G500，暢通無阻，特別淡定地說：「我爸在東邊當首長，我媽是軍校教書的，他們可以忽略不計，都趕不上我爺爺。」

霍歆眼珠子直轉，審視著他的側臉，然後狠狠往他右邊手臂上一擰。

「哎呦我疼！好好好，我說。」陳清禾擰著眉頭，告訴她，「九月份的閱兵看了沒？」

霍歆僵硬地點了下頭。

「回去自己翻影片，門樓上，從中間往右數第四個。」陳清禾還吹了聲口哨，「老帥的那個就是了。」

霍歆沉默地消化了這個資訊，然後不解氣地又往他手臂上一擰——

「陳清禾！」

「在呢！老婆！」

「……」

陳清禾把霍歆帶回家，也算是見家長了。

陳自儼難得的，對孫子的做法表示贊同了一次。

霍歆乖巧，在長輩面前不卑不亢，嘴又甜，還不亂打聽，老人眼睛尖，看得出來這是個苗子正的好丫頭。

陳清禾能被這樣一個女孩收留，也算是他積德了。

吃完晚飯，又陪陳母聊了下天，到了八點，陳清禾送她回去。

而屋裡，幾個長輩閒坐沙發，陳自儼突然說了句：「這丫頭，是霍奇那小子家的女孩。」

陳母回憶了一番，隱約記得有這麼個名字，「爸，這是不是您以前的部下？」

陳自儼哼了聲，「也是個石頭，又臭又頑固。」

陳母大概知道父親的意思，她試探地問：「就算在意家庭條件，也無可厚非。但我們家清禾，配他們家也是綽綽有餘的啊。」

陳自儼哼了一聲，「霍奇知道個屁！」

陳清禾在哈爾濱當兵的那幾年，可是被上頭招呼過的，隱瞞了一切家庭出身，那地方寒苦，畢竟是基層，沒太多機會接觸到上面。

陳自儼有意磨練他，壓著一切機會，往死裡整。

陳清禾這小班長當得還有滋有味，但霍家可不瞭解真相，加上晏飛在裡頭攪局，對素未謀面的陳清禾印象不佳，也是理所當然了。

陳母慈眉淺皺，很擔心。

剛才晚飯時，陳清禾說了，三天後，去瀋陽拜訪霍歆的父母。

陳自儼手一揮，起身去書房，邊走邊說：「甭操心了，電話我來打。」

路上。

陳清禾送霍歆回他公司分配的公寓。

電臺悠悠放著薩克斯純音樂，霍歆看了他好幾眼，始終不敢確認，問：「你真的要去見我爸媽啊？」

陳清禾「嗯」了一聲，專心開車。

「你。」霍歆小心翼翼地瞄了瞄他的臉，「不怕嗎？」

陳清禾嗤笑出了聲，紅燈前把車停穩，回頭看著她，「怕什麼？怕妳父母把我攆出來？還是怕妳那混帳哥哥再把我揍一頓？」

霍歆低著頭，小聲，「揍不到了，他外派出國了，至少三年不會回來呢。」

陳清禾輕狂揚眉，「那更好，教我兒子學武術，那混帳回來，就不勞我親自動手，讓我兒子出手。」

霍歆知道他受的委屈，靜靜地聽著，也不反駁。

陳清禾睨了她一眼，嘖了一聲，「這麼乖，還真的不太習慣了。」

霍歆忍不住笑了，嘴角彎著。

陳清禾手伸過來，將她握住。

「小薔薇。」

「嗯？」霍歆側過頭，和他對視。

陳清禾的眼睛在明暗交替的車裡，顯得尤為清亮。

他說：「我已經不是六年前的那個陳清禾了。我成熟了，懂事了，知道輕重了。」

霍歆癡癡問：「什麼輕重啊？」

陳清禾默了兩秒，將她的手握得更緊。

「以後不管遇到多大的事，我都萬事以妳為重。」

霍歆鼻子一酸，「陳清禾你討厭，非把人惹哭才開心是吧？」

陳清禾看著她，「妳會去面對妳的父母，會用行動去感化，我會多一點耐心，少一點脾氣，我知道的，娶老婆很不容易的——小薔薇，我會對妳好的。」

霍歆的眼淚流下來了。

陳清禾咽了咽喉嚨，隔著座位中間，伸手抱住了她。

「妳是小狐狸精，第一次見面就勾引我。」

「哪有啊。」霍歆哽著聲音，鬱悶地抬起頭，「第一次是在車裡，我什麼都沒做啊。」

「妳給我看了妳的屁股，又圓又翹，白得跟雪似的。」陳清禾帶她一起回憶，喃喃道：「我不騙妳啊，我當時……就起反應了。」

霍歆搥他，「你變態啊。」

陳清禾捉著她的拳頭，放嘴邊輕輕地親，「當時就想，把妳壓在草垛裡，這樣舔妳的水蜜桃。」

「不許說了！」

「怎麼不讓說啊，妳老公的心路歷程，妳得多聽聽。」

「我不聽，不好聽，你聲音超難聽。」

「胡說，我這就叫給妳聽。啊，嗯，嗯——」

「陳清禾！」

「叫老公幹什麼？」

「你混蛋。」

「那妳就是混蛋的老婆。」

「今晚你別想要了。」

「沒事，我不要，但我能讓妳求著我要。」

「打死你。」

「哎哎哎，別動，我開著車呢。哎？老婆，不說話了？生氣了？」

「哼。」

「哼。」

「霍美人。」

「小狐狸。」

「哼。」

「小薔薇。」

「……幹什麼？」

「我愛妳。特別愛妳。」

「唔……」

——〈番外　月光雪山〉完——

番外二　懷孕

周喬懷孕這事，可以說是很意外了。

意外到她一度翻找報紙上的小廣告，大有把它打掉的衝動。

二十三歲的女孩，還只是一個學生，想想看，學術氣氛濃郁的校園裡，她挺著個大肚子出入教室、實驗室，然後應付各種考試，如果按著這個時間點來算，她的畢業典禮，可能是抱著娃出席的。

周喬不敢想。

簡直魔幻人生。

在經期遲了十天，她終於往這方面聯想，並用驗孕試紙測出了紅彤彤的兩條杠時。

周喬坐在馬桶蓋上，回憶了過往幾次的情愛歡事，不應該啊，每次陸悍驍都當著她面把套戴好了的。

周喬靈光一現，起身走出洗手間，拉開臥室衣櫃的抽屜。

從前，永遠滿滿的抽屜裡，也不知從什麼時候起，變得越發空蕩。這些「象鼻子」的主人，大有用掉一隻算一隻的打算。

陸悍驍買的都是高級貨，每個都單獨用盒子裝著，周喬拿出一個仔細一看。

頂端，幾個小孔跟米篩似的。

能避孕就是見了鬼。

該死的陸悍驍。

太陰險狡詐無恥下流了。

當天，陸悍驍晚上下班回家，進門邊換鞋邊叫喚，「朵姐今天請辦公室喝飲料，我嚐過了，味道不錯，所以回來時也買了杯給妳。」

他走過玄關，聲音漸漸清晰，「還是茉莉花菊花梔子花蜂蜜燒仙草的呢！」

周喬被他瞎說的這個飲料名，弄得心情更差了，火冒三丈變成了火冒四丈，走過來，把臂彎裡的東西「劈里啪啦」往桌上一摔。

陸悍驍「哦喲」一聲，「這是什麼？考試卷嗎？喬喬妳考試沒及格啊？是不是老師讓叫家長去辦公室罵？沒關係，我捐點贊助費就行了，保證妳不會挨罵。」

周喬：「去你個頭。」

陸悍驍放下飲料，「原來是要我的頭去，好的，晚上我就把它剁下來——陸悍驍的頭，像皮球，一腳踢到學校大樓。」

周喬這次沒有笑。

陸悍驍知道，女孩是真生氣了。

「我看看。」他低頭，撿起桌上的一張報紙，看了兩行便皺起了眉，「真愛女子醫院，輕輕鬆鬆三分鐘？」

「報喜鳥醫院，讓你有孩子生，也讓你孩子無法生，無痛人流四百八。」

念到後面時，陸悍驍語速越發緩慢，幾秒之後，他欣喜若狂，抬起頭，「我靠，有了？」

周喬別過頭，不理。

「真被我弄出來了？」陸悍驍哈哈兩聲，「老子有女兒囉！」

三十歲的男人，樂得跟要火箭發射似的。

周喬卻委屈極了，眼裡來了淚光，「陸悍驍你是大騙子！」

「我哪裡騙人了？」

「你答應過我的，我讀書的時候不要孩子。」

「我女兒自己想來，保險套都擋不住。」陸悍驍聳肩，攤手，「我能怎麼辦。」

「你還說！」周喬撲過去舉拳頭搥他，「你明明就在那上面做了手腳，扎了那麼多個洞，都怪你！」

陸悍驍一點也不內疚，挺胸抬頭，任她打。

周喬嗚咽，「我不要。」

一聽，陸悍驍放低了聲音，生生透出一股勁，「嗯？妳不要什麼？」

周喬嘴唇張了張，似是下足了勇氣，卻還是不忍心把「孩子」兩個字說出口。

她索性放嗓哭了起來，邊哭邊罵老公是個二百五。

二百五．陸把人抱住，哄著說：「乖啊，不哭了，傷身體呢，對胎教也不好。」

「胎教個屁啊！」周喬難得的爆粗口，憤憤道：「他還只有黃豆大呢。」

陸悍驍喲呵一聲，「瞭解得很清楚嘛。」

嘴上說著不要，心裡倒是很誠實。

嘖嘖嘖。

陸悍驍忍著歡喜，把散落在地的「小廣告」都撿起，然後拉著周喬的手兩人坐在沙發上。

「喬喬，我們都是合法夫妻了，有個孩子不是更好嗎？」

他平和下來，沉聲暖調，讓周喬躁動的心也平靜了一些。

周喬低著頭，「可我還在讀書呢。」

陸悍驍問：「誰規定研究生不能結婚生子了？」

這倒沒有，周喬還是覺得無法接受，「我沒做好準備。」

「不需要準備什麼啊。」陸悍驍早把一切想好了。

「妳就負責好好保重，我雇個廚子為你們母女倆做飯，生了請月嫂，這月嫂還不錯，朵姐生孩子那時，就是她幫忙帶的。妳要是不想餵母乳，我就買最好的奶粉給女兒。生完之後，妳想繼續念書深造，想做什麼儘管做，我在家看孩子。」

周喬被最後那句話逗樂，破涕道：「你連盆仙人掌都養不活，還養孩子呢。」

「別小瞧我啊，當年我們家養了一隻哈士奇，被我養到體重超標，去寵物醫院打減肥針才保住狗命。」

「……」那就更不放心了。

眼見周喬有所動搖，陸悍驍趁熱打鐵，說得倒是一番真心話。

「喬喬，到下個月，我都三十一歲了，妳還美得跟朵花似的，萬一哪天妳不要我了，我上哪逮人？」

周喬看向他，「原來你是想用孩子拴住我啊。」

陸悍驍大方承認，「當然。我半條命都吊在妳身上，必須拉個同盟隊友才安心。」

周喬抿嘴，有笑從嘴角滲出。

陸悍驍的掌心突然覆上她的小腹，「多好啊，我的女兒。」

掌心的熱，穿過薄薄的衣料，一點點漫上她的肌膚，安靜了，能聽到自他手間脈搏發出的微微震跳。

與心跳同步。

周喬緩緩抬起頭，看向他，「真的不能再等等嗎？」

陸悍驍「嗯」了聲，很輕，「不能。」

周喬：「可是在學校，真的會尷尬。」

「怎麼會呢。」陸悍驍說：「當媽媽，是一件多麼神聖美好的事情，別人只會給予妳最大的尊重和善意的微笑，喬喬，妳該驕傲。」

周喬覺得今天的陸悍驍變得有點文化了。

她脫口問：「你昨晚，是不是看了國外名著啊？說話一股成年土撥鼠的腔調。」

陸悍驍樂得揉了揉她的虎口，「哦！我的老夥計！我實在是太高興了，妳為我生孩子是真的了嗎，哦我的上帝！」

周喬笑出了聲，趴在他肩頭直顫。

等她笑夠了，陸悍驍微微側頭，貼著她的耳朵說：「恭喜妳啊，周喬。終於要當媽媽了。」

別看陸悍驍現在一副少女之友的溫和如玉模樣，等周喬一去洗手間，他立馬原形畢露。

「Yes！」

只見他頂胯扭腰，在客廳滑起了太空步，滑到茶几旁，拿起那些人流小廣告，全部丟進了垃圾桶。

就這樣，周喬在七分半哄半騙、三分懵懂情願裡，接受了自己的身分升級。

她的身體還不錯，早孕反應一點也沒有，吃得香，就是特愛吃辣，辣還不長痘，皮膚比以前更水光了。

陸悍驍壓著沒讓她吃太多，她就偷偷吃，學校下課後，和齊果她們一起去小吃街溜一圈，偶爾再加餐一頓火鍋。

有一天，陸悍驍說五點半來學校接她，周喬四點下課，硬是從圖書館溜出來，對著校門口的火爆魷魚流口水。

齊果不明真相，大方請客，一人五串，周喬嘴剛張開一半呢，就看到面色如鐵的陸悍驍，開著車殺了過來。

完囉，被現場抓包了。

周喬本能反應，把魷魚丟進垃圾桶，然後抱著頭，「別打臉，行嗎？」

陸悍驍呵呵兩聲笑，也不凶她，而是走到齊果面前，「妳就是齊果吧？我們家喬喬總是提起妳，說妳對她特別好，謝謝妳對她的照顧。」

齊果是知道陸悍驍的，只是頭一次這麼近距離的打交道，印象不錯。

她爽朗地說：「不客氣，應該的。」

陸悍驍點點頭，「我們家喬喬，最近脾氣不太好，希望妳能多包容。畢竟她懷著孕，情緒起伏大也是有科學依據的。」

此話一出。

齊果嘴巴張大，傻了。

而周喬也沒想到，陸悍驍這個不要臉的，竟然把這事公布出來，這不就等於，全校知道了嗎！

陸悍驍那含而不露的笑容，是在警告她呢。

「再他媽吃辣椒不聽話，老子就幫妳辦休學！」

第二天，復大傳遍，金融系的周喬，竟然祕密結婚了。

一時間，她走到哪，都成了特殊關照對像。

食堂打飯，打飯阿姨幫她加兩個雞腿，「給，妳和孩子一人一個。」

去校園超市買點東西，付錢排隊時，都有人主動讓位。

後來，肚子顯懷了，去樓層高的教室上課，時不時的有認識或不認識的老師同學說：

「上樓梯慢一點啊。」

周喬不好意思，但也享受著這份暗喜。

早孕期沒什麼反應，但到了孕中期，她的肚子大得特別快，六個月時，是冬天，寬厚的棉襖一上身，整個人就更添孕相了。

陸悍驍快爽死了，每天睡覺前，都趴在周喬身邊，週一念英文，週二念德語，週三念寓言，這個胎教可以說是很有水準了。

他聲音是標準的男中音，一放緩，迷人的不得了。

好幾次，周喬都聽得著了神，看他眼神溫柔，聽他語速繾綣，每字每句，都是不一樣的陸悍驍。

終於，花了一星期的時間，讀完了《萬物有靈且美》，陸悍驍輕鬆吁了一口氣。

周喬捲著笑，伸手在他額頭間輕輕一按，「哇，今晚給你點個讚。」

陸悍驍欣然接受，又趴近了些，低著頭往周喬隆起的肚皮上更輕地一碰，然後說：「也謝謝女兒的讚。」

周喬樂的，「你怎麼知道是女兒啊？萬一是兒子呢？」

「必須是女兒。」陸悍驍嘖了一聲，「兒子有什麼好啊，跟我一樣不讓人省心。」

「你還挺有自知之明嘛。」周喬說：「兒子像媽，肯定和我一樣聰明。女兒像爸，你自己掂量。」

陸悍驍：「自己生的女兒，跪著也要養大！我不怕！」

周喬笑了起來，滾圓的肚皮突然一動，一道波浪紋路從左邊滑到右邊。

陸悍驍驚喜：「天！她動了！」

周喬擰眉，忍著這波胎動過去，才鬆開眉頭，對它說：「臭寶寶，又在打拳了。」

「妳怎麼罵她臭啊。」陸悍驍不樂意了，「妳才是臭喬喬。」

「……」

生活雖然平靜如意，但周喬和徐晨君的關係，始終滯步不前。

陸悍驍是個言出必行的男人。當初和徐晨君攤牌時，撂過狠話，人，他是娶定了，娶得起，他陸悍驍就養得起。他的家庭觀裡，婆媳之間，沒有矛盾，只有決絕的「是」或者「否」。

登記半年時間，他做到了。

不讓周喬和徐晨君見面受委屈，換句話說，他覺得周喬要不要這個婆婆無所謂。

只要他在，她的天，就塌不下來。

但眼見著周喬的肚子越來越大，有的人，比他更著急了。

這日，陸宅狂風陣陣。

晚飯時間，家裡突降正經的男主人。

陸悍驍的父親，時任警政署署長的陸嚴峻，終於結束國際戰略交流，從亞洲輾轉非洲，歐美大陸，最後回到本國。

陸嚴峻人如其名，十分黑臉包公。

回家後，外套都沒脫，公事包往沙發上一放，走到餐廳，在餐桌上用力敲了兩下，「妳是怎麼回事啊！啊？」

這話是對徐晨君說的。

徐晨君茫然著呢，碗筷端著，看著丈夫。

「我一回國就有人告訴我，陸悍驍結婚了？」陸嚴峻呵了一聲，然後厲聲，「我兒子結婚，我這個做老子的怎麼不知道啊！」

徐晨君雖是女強人，但陸嚴峻可是強者中的霸王，誰敢跟他爭啊。

於是灰溜溜地默了聲。

陸嚴峻手一抬，指著門外，手腕間的錶帶若隱若現。

他說：「妳刁難媳婦了？」

徐晨君深吸氣，「這又是誰向你告的狀？」

「誰也沒跟我告狀！」陸嚴峻提聲，「就妳做的那些刁蠻婆婆的事，要不要去拍個八點檔電視劇啊！主演妳當，妳當行不行？」

丈夫的脾性，幾十年的夫妻，徐晨君自然瞭解。

但這話有些重，她還是不甘心地回嘴。

「行啊，什麼時候進劇組啊？」

陸嚴峻臉一甩，「胡鬧！你們還讓不讓我省心？兒子雞飛狗跳，妳當媽的，怎麼也聞雞起舞了！你們這麼能鬧，乾脆打一架啊！」

徐晨君也火了，「你讓我打就打啊？」

陸嚴峻快煩死了，把處理公事的那一套鐵血風格，完全照搬到家庭裡的雞毛蒜皮上。在他看來，這都是什麼東西啊，必須凶！

「不管你們怎麼鬧，這個家，必須和氣！」陸嚴峻放了狠話，「誰頭一個破壞和平穩定，我頭一個斃了誰。」

徐晨君負氣，「你斃啊，斃我啊。」

用言情小說的行業用語來定義，這可是標準的強男強女啊。

兩口子對視幾秒，好吧，陸嚴峻先服軟。

他無奈又沉重的喊了一聲，「妳就別去欺負媳婦了，行嗎？老婆？」

這聲老婆喚的，真是硬漢柔情啊。

徐晨君的銅牆鐵壁瞬間倒了一半。

陸嚴峻趁勝追擊，勸說道：「我知道妳從小就對金小玉有偏見，是，金小玉那人的確不五不六，我也覺得她鬧。但一碼歸一碼，連帶責任不是這樣怪罪的。周喬，小時候我見過兩次，瘦瘦小小一個小丫頭，文靜懂禮，我不會看走眼。」

徐晨君默了默，語氣軟了些，「是，你和兒子眼光一樣，我就是個母老虎。」

「妳知道就好。」陸嚴峻倒也不客氣，「晨君，這件事，捫心自問，妳覺得合適嗎？我們那草包兒子，已經非常不可靠了，妳還指望他找一個花花姑娘回來，然後他們一起鬧，鬧得妳上吊才開心是吧？」

徐晨君別過頭，「你別心存偏見，同等水準，才更融洽。」

「是，我不否認這個世界，有門當戶對這個道理。但，」陸嚴峻問：「門當戶對，更美妙的含義，是建立在精神、觀念、性格這些方面。我們家是缺錢嗎？顯然不是，那妳還要個屁的門當戶對啊！在這點上，陸悍驍比妳看得清。」

難得的，陸悍驍獲得一枚「老子讚」。

徐晨君聽後，心裡的石頭，又不可避免地鬆動了幾分。

上一次的鬆動，是在咖啡館二樓，看著周喬怒罵她媽媽和那個小白臉健身教練，並且極力維護陸悍驍的那次。

不可否認，這女孩，是真誠地跟著陸悍驍的。

陸嚴峻看著她，嘆了口氣，「話有點重，但道理糙不糙，晨君，妳這個做母親的，心裡應該要有一把公平秤。好了，上次的金駿眉還有嗎？能不能幫我泡一壺？」

徐晨君把視線移了回來，點點頭，「嗯。」

「我先去洗個澡。」陸嚴峻轉身上樓，走了幾步又停住，回過頭說：「對了，周喬那孩子，肚子大，還上著學，挺不容易的。妳的肚包雞做得不錯，讓孩子們也開開口福吧。」

徐晨君這下子澈底愣住。

過了一下，她才不確定地反應過來，周喬……懷孕了？

這幾日，李教授手下的專案在趕進度，周喬的資料統計有點繁雜，忙得連飯都沒時間好好吃。

陸悍驍公司事情也多，年底都是這樣，創收增效，爭取給來年一個好開頭。

不過他也沒忘記老婆，總是提前訂好私廚的菜肴，全按著周喬的口味來，三菜一湯，也不用免洗飯盒裝，全用玻璃碗。然後讓老闆趁熱送去學校。

這家私廚他們常去，和老闆熟得很。

周喬見著他時還挺意外，後來吃了一桌的美味佳餚，可以說是羨煞旁人了。

這麼久了，整個系差不多都知道，研二的周喬，有個特別騷包的老公。

私廚老闆把東西送到，還給了她一張類似結帳單的紙條。周喬邊吃邊打開看。

前面就是一些菜名價格，中間有個顧客備註留言。

周喬先是皺眉，然後笑出了聲，那上面寫著——

『這是我寶寶，請務必把飯菜送到她的實驗室，不要送到門口，寶寶有點胖，走不動。謝謝謝謝！』

這個陸悍驍啊。

都快當爹的人了，還是這麼讓人哭笑不得。

周喬疊好小紙條，工工整整地壓進了日記本裡。

以後給孩子看，看他爸這五彩斑斕的黑歷史。

第二天，陸悍驍臨時打電話給她，告訴了她一個很「恐怖」的消息：『我媽說……今晚讓我們回去……吃晚飯。』

周喬正喝著水，就這麼噴了出來，可憐兮兮地問：「我可不可以不去啊？」

陸悍驍默了秒，『行，妳不想去，就不去。我跟我爸說一聲好了。』

「等等，你爸？」周喬聽了他的描述之後，立馬改口，「去！我去！」

時隔一年多，周喬再次踏進陸家。

她的擔憂和小心翼翼，全都被陸悍驍化在他掌心的溫柔裡。

陸悍驍握緊了她，「別怕。」

來開門的是徐晨君。

其實陸悍驍已經掏鑰匙準備塞鎖孔了，但她好像在窗戶前等候了許久，踩著節奏來開門的。

正面相對，三個人先是安靜。

徐晨君瞄了兒子一眼，然後目光悉數落在周喬的臉上……肚子上。

周喬勇敢地咧開微笑，「伯母，您好！」

再後來。

因為這一聲錯誤的叫喚，周喬被徐晨君悄無聲息地灌了三大碗肚包雞。

超補。

想吐。

從陸家回去是晚上九點。

陸悍驍車開得平穩，聽了一路周喬的嘮叨。

「天啊，你媽媽煲的湯好好喝。」

「而且她有對我笑了兩下，一下是吃飯前，一下是飯後，太可怕了。」

「她還給了我這個鐲子，」周喬抬起手腕，上頭是一個瑪瑙手鐲，「是不是很貴啊？」

陸悍驍手指搭著方向盤，輕描淡寫地說：「還好吧，從我祖奶奶傳下來的。」

「……」

那就是傳家之寶啊！

周喬捂著心臟，「我對媽媽拋出的橄欖枝，一時無法適應呢！」

陸悍驍笑：「沒事，慢慢來吧。」

「不不不，我一定也要做出表示的。」周喬欣喜全寫在臉上，「明天買條絲巾給她吧。反正她說了，要我們明天也回來吃飯。」

陸悍驍嘴角揚著，「好。」

「還是買身衣服吧？」

「好，刷我的卡。」

「對了，你媽媽今天還摸了我肚子呢，可輕柔了。」

「這裡頭是她孫女，能不輕柔嗎。」

「嘿嘿。」周喬憨笑，「你說，這是不是意味著，她接受我了呀？」

「不重要。」陸悍驍輕聲說：「喬喬妳記住，妳不用刻意討好任何人，因為妳是我老婆。我的老婆，我養著，就夠了。」

周喬眼睛有些酸，看著他，「陸悍驍。」

「嗯？」

「我覺得你今天晚上的形象特別高大。」

「那有什麼獎勵？」

「你想要什麼獎勵？」

「我想要妳今晚上含我一下。」

「你又耍流氓！」

「流氓本來就是用來耍的啊。」

「等著吧，我一定有辦法治得了你。」

「是嗎？」

「當然，我要生個兒子。」

「……老婆，我錯了，我認輸，求妳生女兒。」

今夜，一路繁星。

跟著月，跟著心，跟著一雙一世有情人。

萬天星火，共看銀河。

──《悍夫》番外完──

──《悍夫》全文完──

高寶書版集團
gobooks.com.tw

YH 119
悍夫（下）
作　　者　咬春餅
責任編輯　吳培禎
封面設計　陳采瑩
內頁排版　賴姵均
企　　劃　何嘉雯

發 行 人　朱凱蕾
出　　版　英屬維京群島商高寶國際有限公司台灣分公司
　　　　　Global Group Holdings, Ltd.
地　　址　台北市內湖區洲子街88號3樓
網　　址　gobooks.com.tw
電　　話　(02) 27992788
電　　郵　readers@gobooks.com.tw（讀者服務部）
傳　　真　出版部(02) 27990909　行銷部 (02) 27993088
郵政劃撥　19394552
戶　　名　英屬維京群島商高寶國際有限公司台灣分公司
發　　行　英屬維京群島商高寶國際有限公司台灣分公司
初　　版　2022年12月

本著作物《悍夫》，作者：咬春餅，由北京晉江原創網絡科技有限公司授權出版。

國家圖書館出版品預行編目(CIP)資料

悍夫/咬春餅著. -- 初版. -- 臺北市：英屬維京群島商高寶國際有限公司臺灣分公司, 2022.12
冊；　公分. --

ISBN 978-986-506-608-6(上冊：平裝). --
ISBN 978-986-506-609-3(中冊：平裝). --
ISBN 978-986-506-610-9(下冊：平裝). --
ISBN 978-986-506-611-6(全套：平裝)

857.7　　111020058